HISTORIAS DE PAQUITO

ÁNGEL DE SAN MARTÍN TUDELA

HISTORIAS DE PAQUITO

EXLIBRIC

ANTEQUERA 2025

HISTORIAS DE PAQUITO
© Ángel de San Martín Tudela
Diseño de portada: Dpto. de Diseño Gráfico Exlibric

Iª edición

© ExLibric, 2025.

Editado por: ExLibric
c/ Cueva de Viera, 2, Local 3
Centro Negocios CADI
29200 Antequera (Málaga)
Teléfono: 952 70 60 04
Fax: 952 84 55 03
Correo electrónico: exlibric@exlibric.com
Internet: www.exlibric.com

ISBN: 979-13-87528-98-0
Depósito Legal: MA 232-2025

Impresión: PODiPrint
Impreso en Andalucía – España

Nota de la editorial: ExLibric pertenece a Innovación y Cualificación S. L.

ÁNGEL DE SAN MARTÍN TUDELA

HISTORIAS DE PAQUITO

Prólogo

Historias de Paquito no es un libro para niños, aunque también deberían leerlo. Es un libro acerca de un crío que vivió en una época que se diferencia poco de la de los niños de nuestra época, salvando, desde luego, el anacronismo, por los avatares de la historia.

Paquito no dice genialidades ni palabrotas. Juega porque no quiere aburrirse y se las ingenia para estar en cualquier momento entretenido con algo.

La puerta que abre las *Historias de Paquito* es la de la visión divertida de un niño en un pueblo y en un momento histórico, pese a las penurias que la gente de los pueblos sufría calladamente, corderillos sin objetivo, que permanecían sin rechistar siquiera ante los poderes que habían impuesto tal situación.

La mente de Paquito es la de un niño que no se quiere aburrir. Si quieres, serás un testigo de sus andanzas, pero no se te permitirá intervenir en sus correrías, aunque sí puedes rememorar tu infancia. Lo más seguro es que algunas de sus historias sean muy semejantes a las tuyas.

Pero estas historias solo son una excusa. La razón verdadera es la de relatar, con ese personajillo tan real, tan de verdad, los hechos y costumbres de un momento histórico en un enclave real casi olvidado por el tiempo.

También es para plasmar el recuerdo de unos años que fueron tan felices por lo inconscientes, así como los hechos que se sucedían sin posibilidad de intervenir en ellos.

Soy consciente del tiempo en que escribo esto, que puede resultar anacrónico porque nuestros muchachos no saben lo que es vivir en una casa sin cuarto de baño, sin luz eléctrica, con carreteras sin asfaltar, con una vida natural, pero teniendo que engañarse en casi todo con sucedáneos, inclusive al «poder» asistiendo físicamente a misa.

Soy consciente de que a pocos niños de nuestro tiempo les puede entusiasmar un caballo, cuando tienen a su puerta una Harley Davidson, beben Coca-Cola sin medida o se montan en artilugios de feria sofisticados y con muchas luces de colores.

Soy consciente de que nuestros niños no saben lo que es estar acostado sobre una colcha en espera de que pase la calina de la siesta, porque en sus casas tienen ventiladores, refrigeración y aerosoles contra las moscas.

Pero todo esto ha ocurrido. Todo esto ocurre hoy día en muchos pueblos, tal vez no del primer mundo —que no lo era España en aquellos años cuarenta—, cuando no existía la Seguridad Social y las carreteras estaban sin asfaltar, cuando el señorito campaba haciendo barrabasadas sin freno, porque era de la Falange o porque fue excombatiente, y gozaba de prebendas que el resto de los mortales solo veía cómo las disfrutaba otro.

Pero también soy consciente de lo intemporal de las historias que vivió Paquito y que estas historias, puestas en un niño de hoy, serían semejantes. Lo único que tal vez cambiaría es que su madre no le daría una somanta con una alpargata en el culo, sino que lo castigaría a no ver una horita la televisión, por aquello de los traumas hoy tan en boga.

Hace unos días, cuando di a leer a Lourdes, compañera y amiga, el pasaje de las moscas, me dijo: «Esto mismo lo estaba haciendo mi hijo el sábado pasado, solo que con las hormigas de mi terraza».

Efectivamente, creo que las HISTORIAS DE PAQUITO son totalmente actuales.

Ángel de San Martín Tudela

Introducción

Paquito es un niño de ocho años que vive en un pueblecito de menos de mil habitantes, en un campo cercano a la costa, lo suficientemente interior como para que no le llegue la humedad del mar, aunque sí el salitre del subsuelo. Un pueblo que tiene una escuela unitaria para niños, cuyo maestro es de los que sacaron las oposiciones en la República, aunque luego hubo de revalidar su plaza mediante el juramento a los Principios del Movimiento Nacional.

Los pupitres son unas mesas viejísimas, manchadas de tinta, muchas de las cuales han de ser niveladas con algunos trozos de ladrillo, porque las patas hace tiempo que las pulverizó la carcoma y no se han restaurado. Los tinteros son los de la República, aquellos tinteritos de porcelana, largos de fondo y con un collarín para soporte, pero solo quedan tres y los guarda el maestro en un armario para ponerlos en las primeras mesas el día que viene la inspección. Los mapas son dos: uno de España y otro de la Europa de antes de 1915, por lo que los límites de las naciones ya no tienen nada que ver con los del momento. Así es que, como no coinciden los límites, se conforma el maestro con enseñar las capitales, las montañas y los ríos que siguen siendo los mismos.

Estamos en las postrimerías de los años cuarenta y el pueblo es de los de secano, donde hay muchos rebaños de cabras que, cuando llevan al macho, apestan el pueblo; unos cuantos almendros, unas cuantas higueras y unos pocos algarrobos, único lujo que tienen los chavales en los días de fiesta, porque se van a los bancales con las cabras y si les cae cerca de algún algarrobo, pues garroba va, garroba viene, algo dulce se han llevado a la boca y algo más de comida en la barriga. Por eso, muchos de ellos cuando llegan a casa, ya no meriendan el pan con aceite y sal y un poco de pimentón, que a la vista se parece mucho a la sobrasada, pero más sano.

La casa de Paquito es una casa de pueblo, toda de planta baja. En la buhardilla, donde cuelgan los embutidos y ponen los trastos viejos, hace un año que le pusieron a Paquito un catre de tijera y es su habitación. La casa tiene un gran patio con un pozo y un aljibe. El agua del pozo es de una corriente subterránea que pasa por allí; pero el agua tiene un punto salado, no es potable y está llena de gusarapos negros que latiguean durante unos días en el fondo de la tinaja; el aljibe recoge el agua de la lluvia, pero en este campo llueve solo un par de veces al año, por lo que el aljibe tiene que llenarse con unas cisternas que su padre manda traer de la ciudad. Aunque el agua no es buena del todo, sirve al menos para los guisos; porque el agua para beber hay que pasarla por un filtro de arena que hay en la entrada, en un rincón, sobre un soporte, y que tiene un grifo que pierde un poco, por lo que el artilugio tiene siempre un cuenquito de zinc para que la gota no caiga al suelo, que es de tierra, y hay que pintarlo todos los meses para que esté bien rojo, y se simulan los rodapiés blancos, del mismo color de la pared, que se pinta todos los años con blanco de España.

En la casa de Paquito solo hay luz eléctrica en la entrada, en la cocina, en el dormitorio de sus padres y en el comedor, donde nunca se come y siempre está de escaparate. Todas las comidas se hacen en la cuadra, en una mesa antiquísima que está junto a la cocina. El resto de la casa se alumbra con quinqués que están estratégicamente colocados para iluminar, aunque malamente, algunas necesidades. En el retrete no hay luz eléctrica, y suerte de tener un retrete, porque en casi todas las casas del pueblo hay que ir al corral para hacer las necesidades mayores y menores, y, con una caña en la mano, apartar a las gallinas.

Paquito solo tiene una hermana que es mayor que él y que ya tiene novio, aunque no es aún un novio formal. Por eso Paquito duerme solo en el camaranchón, debajo de las morcillas, las longanizas y los jamones que su padre pone a secar, y que constituyen la principal fuente de proteínas de la familia. Porque solo alguna vez se mata un pollo o un conejo, y solo es en el santo de su madre, que se llama Josefa, aunque todos la conocen por un mote ancestral que le viene de sus tatarabuelos y cuyo significado se desconoce, y en Nochebuena.

Su padre es «matachín», expresión local del matarife, y se dedica, como su propio nombre indica, a matar cerdos y a hacer embutidos. Es un hombre grande, gordo, grasiento, que siempre, incluso en pleno invierno, va en camiseta, pues tiene que estar todo el día al lado del fuego, primero para pelar el cerdo con los espartos encendidos y luego, para hacer las morcillas, las butifarras, la sobrasada, la longaniza y el chorizo, que le sale buenísimo. Luego, sala los jamones y los prepara para poder comer durante el invierno, porque en el verano no se come apenas jamón ni chorizo, sino solo ensaladas de tomate y cebolla, con aceite y sal.

El gato

Estaba tumbado junto a la puerta y en silencio, pues estaba prohibido hablar durante la siesta. Era pleno verano y su madre tenía todas las puertas abiertas de par en par y las persianas echadas, por lo que se le oiría, aunque hablase bajito. La calina había encerrado en las casas a los habitantes del pueblo para esa hora de la siesta; muy cerca de las casas se oían las chicharras y el ruido del monótono circular de la veleta, impulsada por un viento absolutamente abrasador que resecaba y agrietaba los labios. Paquito, como decíamos, estaba echado tras la puerta, sobre una colcha en el suelo, y espiaba tras la persiana, los movimientos que un gato hacía espantándose una mosca. Todos en la casa dormían una siesta placentera arrullados por la calina, las chicharras y la penumbra que conseguían con persianas y cortinas de saco. El que estaba acostado dormitaba sudoroso y el que se balanceaba en la mecedora se abanicaba con furia para no ahogarse. Pero Paquito no tenía sueño y espiaba los movimientos del gato como si estuviera en un safari. Efectivamente, Paquito, con sus 7 años, había imaginado que estaba de safari por la selva y que el gato, a rayas grises, era un tigre de bengala que esperaba la caída del sol para lanzarse sobre cualquier *gacelilla* y engullírsela sin piedad.

Se ponía las manos a modo de prismáticos delante de los ojos y miraba, a través de semejante artilugio, los movimientos que el gato hacía, entre soñoliento y molesto, por una mosca que venía a chuparle el juguillo del lagrimal. Harto el felino de bracear en el intento de espantar la mosca se puso en pie y comenzó un ataque en toda regla contra la mosca importuna; pero la mosca era de las que había hecho el bachillerato y parte de la licenciatura en sobrevivir a los diferentes gatos de la zona, y se escapó como una exhalación en busca de mejores y más tranquilos parajes.

Esa circunstancia la aprovechó Paquito para, saliendo un poco y con sigilo de su lugar de descanso, ponerse a arrollar bolitas de papel y, utilizando como catapulta sus dedos pulgar y corazón, le lanzó al gato sendas balas en ataque directo y sin reservas.

El gato, que ya se había vuelto a echar agotado por el calor, levantó la cabeza y miró a su alrededor intentando descubrir qué elemento nuevo venía a perturbar su merecido descanso, ya que la osada de la mosca no se oteaba en sus cercanías. La primera bolita de papel vino a caerle sobre el lomo, que semidespertó al minino, pero la segunda llegó hasta el mismísimo hocico del animal y, a lo que pareció, tuvo que hacerle un poco de daño porque se levantó como un verdadero tigre y se puso a avizorar a su desconocido enemigo que tanto le estaba molestando. Paquito se quedó muy quieto, conteniendo la respiración. El gato, que a pesar de ser doméstico era montaraz como todos los de su raza, se puso en pie de un salto al tercer obús que le había sido lanzado, y que esa vez le había dado en la punta de la oreja. Miró a su alrededor con extrañeza y, al no ver nada que pudiese llamarle la atención, se quedó en pie con el hocico alerta y los bigotes tiesos como flechas. No pasó nada. Paquito se estuvo muy quietecito tras la persiana y no se asomaba nada de nada para no despertar sospechas en su enemigo. Por fin, el gato vio las tres bolitas de papel arrolladas, les acercó la nariz y las olió con detenimiento. Al poco, levantó la cabeza y dirigió la mirada inquisidora a la persiana, a través de la cual vio los brillantes ojos de Paquito que en ese momento se asustó. Al fin y al cabo, era un tigre de bengala el que estaba allí delante y a él solo le protegía la frágil persiana que sucumbiría al primer envite de la fiera.

Poco a poco se retiró de la persiana, mirando fijamente al felino, conteniendo la respiración y moviéndose con cautela. Pero el gato se fue derecho contra él, porque Paquito miraba a través de la persiana, pero la persiana estaba ligeramente recogida a un palmo del suelo para que circulara el aire por los bajos. El gato pasó limpiamente por debajo de la persiana y se plantó delante de Paquito que, aterrado, se puso a llorar como un desesperado, porque aquel ataque de la fiera no se lo esperaba.

A los gritos de Paquito acudieron su madre en camisa y su padre en calzoncillos, y vieron un espectáculo insólito: a Paquito subido en una silla y al gato mirándolo erizado y enseñándole los colmillos mientras hacía «ffffff» de una manera aterradora.

Cogió el padre de Paquito un palo que había por allí y le soltó un bastonazo al pobre gato, que salió huyendo como alma que lleva el diablo. La madre acogió amorosamente a Paquito y le decía ricuras y ternezas, añadiéndole que no se acercara nunca a los gatos porque son malos y atacan a las personas sin razón alguna; y que si el gato estaba en casa era porque le daban mucho asco las cucarachas. El padre de Paquito, que debía haber sido cuando pequeño otra pieza similar al muchacho, le dio un tirón de orejas y le dijo que dejara de molestar al gato, que él tenía mucho sueño y que le había estropeado la siesta. Paquito lloró un poco, pero pronto empezó a urdir otro entretenimiento con que distraerse en silencio durante las siestas del tórrido verano.

El juego de ajedrez

Se lo había traído su madrina de Madrid, unas vacaciones de verano. Era de madera de olivo, color madera de olivo, pulida y sin barnizar. El juego era precioso. Pequeño, con unas figuras que asemejaban caballos rampantes y unos reyes que casi parecían de verdad. Pero, o bien porque los artesanos no habían sido muy cuidadosos, o porque la tienda los había sacado como saldo y la madrina lo aprovechó en unas rebajas, el caso es que los pedestales estaban torcidos y los caballos, los reyes y los peones se caían. Parecían figuras borrachas, porque el eje de sustentación caía siempre fuera de la base de sustentación. Esa fue la razón que le dijo el maestro por la que no se tenían en pie; y todos, absolutamente todos, menos las dos torres blancas que se mantenían incomprensiblemente en equilibrio, se caían nada más colocarlos en el tablero, que también era de madera de olivo.

Cuando Paquito vio su preciosísimo juego de ajedrez, se sintió importante porque ninguno de los críos del pueblo tenía un juego de ajedrez; mucho menos de madera de olivo y que se lo hubiese traído su madrina de Madrid. Además, eso de tener un pariente que viviera en Madrid, y más si tenía la condición de madrina, pues daba mucho pisto. Y si, además, idealizaba y adoraba a la madrina, y la tuviese en una foto en la tapa interior de la enciclopedia con la que iba al colegio cada día, y en la fotografía aparecía una mujer muy guapa con una inscripción a pluma con una letra bonita que ponía: «Para mi ahijado, de su madrina, que mucho lo quiere», y una firma ilegible, pues la cosa cambiaba y el pisto era mucho mayor. Porque en el pueblo todos los niños tenían madrina, pero ninguna vivía en Madrid ni les dedicaban fotografías, ni eran tan guapas porque no se pintaban los ojos ni nada, como la suya, que tenía las pestañas muy largas y rizadas y los labios muy pintados; y además no les regalaban juegos de ajedrez de madera de olivo sin barnizar y cuyas figuras no se mantenían en equilibrio.

Un día, estaban ya en pleno curso, se le ocurrió llevar los caballos blancos del ajedrez en el bolsillo. En el colegio se le pitorrearon al ver que los caballos se le caían, y sintió Paquito una vergüenza insuperable. Así es que comenzó a urdir un plan para que los caballos no se le cayeran. De esa manera, no sabiendo qué hacer, y después de la explicación del señor maestro, comenzó a rascar, con un cuchillo viejo de cocina, los trozos de peana que sobraban a los caballos y a los reyes y a los alfiles. Aquello se le hacía eterno. Se cortó dos o tres veces y abandonó caballos, reyes, peones y alfiles, harto de rascar y no sacar nada en claro. Por fin, intervino su padre al verlo tan preocupado con sus piezas tan bonitas de madera de olivo sin barnizar. Le buscó un trozo de lija para que le fuera más fácil, y ahí se quedó Paquito con su lija y su caballo, rasca que rascarás con su amigo Juanito. Juanito era gordo como un botijo. Engordó muchísimo aquella vez que cogió una pleuresía y lo tuvieron en reposo durante tres meses. Se puso gordo y mofletudo, y nunca más pudo jugar a la pelota porque sudaba y su madre no lo dejaba correr por si volvía a enfermar. Pero lijar sí que podía, así es que se puso con Juanito a rascar las figuritas de madera todas las tardes a la salida de la escuela. Tardaron tres meses en dejar las peanas rectas para que no se les cayeran los caballos y las demás piezas, y cuando ya los caballos no se les caían ni los reyes ni los alfiles ni los peones, pues dieron por terminada la tarea y se sintieron a gustísimo, aunque a las figuras negras se les había quedado la peana del color de la madera de olivo.

Paquito los llevó de nuevo al colegio y esa vez no hubo pitorreos y se ufanaba de sus figuritas tan bonitas que le había traído su madrina de Madrid.

Entonces empezó otro problema. ¿Para qué quería tener un juego de ajedrez de madera de olivo sin barnizar si no sabía jugar al ajedrez? Porque el juego de ajedrez traía un tablero y las figuritas borrachas, que ya no lo estaban porque buen trabajo le había costado a él y a su amigo Juanito quitarles la melopea, pero venía sin las instrucciones de uso. Así es que, con mucho cuidado, las montaba en el tablero, que eso sí que sabía hacerlo, aunque no acertaba muy bien si la reina iba a la derecha del rey o al contrario. Y con su amigo Juanito se ponía a hacer batallas en las que siempre perdían los de Juanito porque era gordo y servía para rascar, pero no para jugar al ajedrez.

El plumier

Ocurrió, como tantas veces que alguien manda un regalo que, de pronto, está el regalo sobre la mesa y no sabes qué hacer con él. Pues bien, a Paquito le regalaron un plumier de persiana que tenía las lamas pintadas en blanco y negro; pero la persiana no cerraba del todo y, cuando llevaba las cosas propias del plumier en el plumier, pues se le iban saliendo, desparramándose dentro de la cartera. Los lápices se le despuntaban, las gomas de borrar se le metían entre los libros y el sacapuntas se metía por los rincones y no había manera de encontrarlo de nuevo.

Así es que, harto de tener un plumier que no servía de plumier, lo dejó sobre la mesa y le dijo a su madre que no lo quería, que se lo guardara o que se lo devolviera a su prima María, que era quien se lo había regalado por Reyes, y que dijo que se lo había traído porque era un niño bueno y aplicado. Su madre le contestó que si no lo quería, que lo dejase en el armario, pero que era un plumier muy bueno y seguro que ninguno de los niños de la escuela había tenido, ni tendría nunca, un plumier como aquel.

Pero Paquito no estaba contento. Pensó que a lo mejor podía arreglarlo y cogió un día el plumier e intentó despanzurrarlo para verle las tripas e intentar solucionar el problema de la persiana. El plumier estaba encolado, sin tornillos ni nada, y Paquito empezó a darle vueltas para ver en qué consistía el mecanismo del cierre de la persiana porque siempre se le quedaba dos dedos abierta, y por allí se le salían las cosas y se le desparramaban por la cartera.

Al principio de tener un plumier tan bonito y con las lamas pintadas de blanco y negro lo llevaba a la escuela. Para que nadie supiera que el plumier no se podía cerrar del todo y no se pitorreasen como cuando lo de los caballos del ajedrez, lo dejaba casi abierto para que se vieran varias lamas y poder presumir de plumier de persiana, cosa que ningún niño de su clase tenía, porque llevaban bolsas de tela o cajas de lata, pero no de madera con persiana pintada en blanco y negro.

Decíamos que Paquito quería arreglarlo y que no encontraba el resquicio por dónde entrarle al asunto porque estaba encolado. Así se lo dijo a su padre, quien le contestó que era un asunto difícil, porque estos chismes están encolados con cola blanca y no había manera de abrirlo si no se desencolaba; pero que la cola blanca solo se disuelve en agua, y no siempre; porque, si era una cola especial, a veces no obedecía a las leyes normales, se resistían y había que tirarlos por el aburrimiento que produce el no conseguir el empeño.

Paquito se fue a la pila de lavar y sumergió el plumier en agua del pozo, que tenía gusarapos, pero que no importaba porque no se la iba a beber y lo mantuvo un ratito sumergido. Al poco se acercaba al plumier para ver si se había disuelto la cola y ¡qué va! La cola estaba dura como en el primer momento, así es que volvió a sumergirlo. Esa operación se repitió varias veces y, viendo que no había manera de que se le desencolara, decidió dejarlo un ratito más y se fue con su amigo Juanito a pegarles pedradas a los pájaros, que se comían los higos más dulces.

Al día siguiente, cuando volvió de la escuela, recordó que había dejado el plumier en el agua de la pila de lavar. Se fue corriendo a ver qué había pasado con su plumier de lamas de madera pintadas de blanco y negro. ¡Qué horror! El plumier flotaba deshecho en la pila. Cada lama andaba por su lado, unas panza arriba y otras panza abajo. Y descubrió cuál era el mecanismo de la persiana y que las lamas de madera se habían mantenido juntas gracias a que tenían una tela pegada por el revés, que, a su vez, con el agua, se había despegado de las lamas.

Cuando Paquito cogió todos los trozos del plumier que estaban sueltos y las maderas hinchadas que se habían torcido, a las lamas se les había saltado la pintura blanca o negra y estaba flotando en la pila como cascarillas de almendra, pero negras y blancas, y además que no se mojaban, sino que flotaban y estaba la pila hecha un asco.

Paquito, con mucho sigilo, fue recogiendo todos los trozos de las maderas y tuvo mucho cuidado en no dejar ninguno. Luego vació la pila con un cazo, porque el caño del desagüe estaba atascado con las cascarillas de la pintura. El agua de lavazas sí podía salir por el caño porque solo estaba sucia, pero no con trozos de pintura que atascaban el desagüe. Que aquella pila tenía un desagüe muy pequeño, porque su madre no quería que se le escaparan los botones de las camisas, que cada dos por tres se les estaban cayendo cuando lavaba la ropa, ya que la señora Josefa le daba unos restregones de muerte.

Paquito salió corriendo y se fue al barranco, donde tiró con mucho cuidado los trozos del plumier. Los escondió detrás de una silla desvencijada y cuyo asiento estaba agujereado, pero cuando volvió a su casa, todo colorado porque había corrido mucho, se encontró con su padre que le preguntó por el plumier y si había logrado solucionar el problema de la persiana.

Paquito le dijo que sí, que ya lo tenía solucionado y que aquella persiana ya no le daría más la lata. A todo esto, su padre le contestó que a ver qué le decía a su madre acerca del plumier, porque lo había visto deshecho en la pila y creía que alguien le iba a calentar las orejas.

Los huevos

Todo ocurrió una mañana en que su madre estaba mala. Su padre le dijo que no fuera al colegio porque tenía que ayudar en casa. «Mamá está mala y yo tengo que irme a trabajar» fue lo que le dijo su padre cuando aquella mañana se levantó sin mucha gana dispuesto a irse a la escuela.

Así es que su hermana, que era una mandona de mucho cuidado y que le costaba más fregar un plato que sentarse a ver pasar las musarañas, tomó en sus manos las riendas de la casa. Empezó a despotricar de que si todo tenía que hacerlo ella, y lo bien que le vendría que alguien le echase una mano, y cosas por estilo.

Entre las muchas órdenes que recibió Paquito de su hermana Carmen, que mandaba más que un sargento de caballería, una de ellas fue que se acercara al corral a ver si habían puesto las gallinas y que se trajera los huevos. A Paquito, que a las gallinas ni se acercaba porque el gallo le daba un poco de respeto, le sentó la orden como un tiro y dijo que él no iba al gallinero, que el gallo siempre estaba dispuesto a atacar al que entrara allí, y que no iba a ser él la víctima de sus iras. Así es que la hermana, ni corta ni perezosa, le soltó dos bofetadas que le pusieron la cara y las orejas rojas y calientes por un rato. Viendo por dónde iban los tiros, decidió que o iba o se las iba a encontrar de todas, todas. Y empezó el asedio al gallinero y a atisbar desde detrás del cañizo, para ver dónde estaba el gallo y si podía entrar porque, a lo mejor, el gallo no era tan agresivo como él pensaba, sino que incluso podía estar despistado y podría entrar a coger los huevos sin que el sultán se enterase. Pero ¡qué va! El gallo estaba allí. Paseaba de izquierda a derecha y de derecha a izquierda, como si no tuviese otra cosa que hacer más que custodiar a las gallinas, que estaban en sus ponederos haciendo un «cloc, cloc» de mil diablos, que se juntaba con los «kikirikí» del gallo; y a él le infundía un gran respeto aquel gallo tan fiero.

Por fin, cogió un palo bien gordo que servía de tranca a la puerta del gallinero, se dispuso a entrar dándose ánimos, y vio con asombro que el gallo no le hacía ni caso y continuaba con su paseo arriba y abajo, moviendo la cresta, las plumas rojizas del cuello y la cola negra con irisaciones azules. Así es que dejó la tranca a un lado y se dispuso a cumplir el encargo, o se temía otra bofetada de la dictadora aquella.

Paquito se movía despacio y con sigilo, como si temiese despertar a alguien y, desde luego, no a las gallinas, que estaban acostumbradas a que su madre entrara en el gallinero a las siete de la mañana para recoger las posturas. Paquito se fue acercando por detrás a las gallinas ponedoras y metiendo la mano con mucho tiento para examinar el terreno. Fue sacando aquellos huevos tibios y blancos con la precisión de un ajustador. Fue metiéndose los huevos en los bolsillos y los últimos, como no le cabían, se los puso en la mano izquierda mientras con la mano derecha seguía sacando huevos, que parecía que nunca se acababan. Cuando ya tenía los bolsillos llenos, la mano izquierda llena y en la mano derecha no le cabían más, quiso ir a ponerlos todos en un cesto, que estaba justo al lado del gallo aquel tan poderoso y tan orgulloso.

Paquito vio que el sultán le miraba con descaro y que aquel movimiento de su cabeza era un tic acusador y de reprobación, con lo que Paquito pensó que el gallo no lo miraba con buenos ojos. Se detuvo en seco cuando el gallo se le puso enfrente y se paró. Paquito se quedó quieto, las manos y los bolsillos llenos de huevos y los ojos aterrorizados. Así es que, poco antes de llegar a la mesa donde estaba la cesta en la que tenía que poner los huevos, se quedó inmóvil a ver qué decidía aquel del plumero en la cola con irisaciones azules.

Así estuvo un ratito. De pronto, el gallo levantó una de sus patas y se quedó quieto a la pata coja, mirando fijamente a Paquito, que no sabía cómo reaccionar; porque él nunca había entrado en el gallinero y mucho menos a coger los huevos. Y, sobre todo, porque sabía que no se podía romper ni uno, que si no, le esperaba el castigo de la dictadora de su hermana, que no sabía hasta qué punto estaba él pasándolo mal, dado que nunca se había metido en un gallinero con una fiera como aquella.

Sigilosamente y con una lentitud de caracol, comenzó a moverse hacia la puerta, que lo de la cesta ya lo había descartado, y levantó el pie como si estuviese moviéndose a cámara lenta. Al ir a ponerlo de nuevo en el suelo, el gallo hizo un gesto con el cuello y las plumas se le erizaron. Miraba fijamente a Paquito, que no sabía si poner el pie en el suelo o quedarse con el pie en el aire. Y las manos en el aire con los huevos y los bolsillos llenos de huevos, y aquella fiera allí, que lo miraba con chulería y con ganas de gresca.

El gallo permaneció inmóvil y Paquito también. Al poco rato ya le dolían los brazos de tenerlos en alto, la pantorrilla la tenía agarrotada y el equilibrio se le iba resquebrajando, haciéndole temblar como una hoja. Y los huevos no podían romperse porque, si no, la *madrastrona* de su hermana, que tenía las manos muy largas, se las iba a estampar en todas partes por culpa del gallo aquel tan fiero.

Paquito empezó a llorar a lágrima viva. Ya tenía las mejillas llenas de lágrimas y la boca y la barbilla llenas de babas, y de su garganta salía a borbotones un sollozo suave y silenciado. Pero su hermana lo oyó. Se acercó al gallinero y, con una escoba, le dio dos o tres escobazos al pobre gallo, al que no le importaba nada que le quitaran los huevos a sus gallinas.

Carmen, la dictadora, con mucho cuidado, se acercó a Paquito y le cogió los huevos de las manos y los puso en la cesta. Paquito hizo otro tanto con los que llevaba en los bolsillos y, una vez puestos los huevos a buen recaudo, Carmen se acercó a Paquito, que la miraba espantado. Le soltó un «¡cobarde, cagón!» que lo humilló mucho más que aquellas solemnes bofetadas de la primera hora.

«Sí», se decía a sí mismo Paquito. «Me dice cagón porque ella no llevaba las manos llenas de huevos y los bolsillos llenos de huevos; y, además, tenía una escoba para espantar al gallo, que si no…».

Las moscas

Ese verano fue su abuela Paca con una amiga a pasar unos días. El verano era total. Caía el sol a plomo y estaban las chicharras en todo lo suyo, dale que te pego a los estridentes zumbidos, haciendo un ruido ensordecedor a la hora de la siesta. Paquito siempre odiaba la hora de la siesta porque no le dejaban apenas moverse. Todo consistía en que la hora de la siesta era sagrada.

Su padre ponía el grito en el cielo cuando alguien le despertaba del plácido sueño para hacer cualquier tontería. Su padre se levantaba cada día a las cinco de la mañana y empezaba con los lavados en el patio. Armaba unos escándalos insoportables, porque, en verano, estaban las puertas y ventanas abiertas, y él se enjabonaba entero cada mañana delante de una palangana blanca de borde azul, con una pastilla de jabón Lagarto. El agua la sacaba, con una maroma y una garrucha que hacía mucho ruido, del pozo de los gusarapos. Filtraba primero el agua en un cubo con un trapo blanco y luego la vertía sobre la palangana; y cuando empezaba a enjuagarse daba unos gritos y unos resoplidos que despertaban a toda la casa y a los vecinos, no así a las gallinas que ya estaban despiertas hacía rato.

Pues bien, su padre, que se levantaba a las cinco de la mañana y armaba todo aquel escándalo despertando a todo el personal, no consentía que nadie, a la hora de la siesta, alzase la voz ni moviera una silla. Porque él se iba a trabajar y venía muy cansado y no quería que nadie lo molestase precisamente a la hora de la siesta. Y todo el mundo tenía que irse a dormir, incluso la amiga de su abuela, que era muy guapa y que le había traído a su hermana un juego de agujones de muchos colorines y a él una caja de lápices de colores Alpino.

Pues bien, a la hora de la siesta, cuando todos tenían que dormir a la fuerza, aunque algunos lo hacían muy a gusto, a Paquito le ponían una colcha vieja detrás de la persiana de la puerta principal y allí tenía que estarse hasta que pasaba el aguador, que siempre pasaba a las cinco en punto y que era la hora en que le ponían la merienda.

Pero la siesta duraba lo menos dos horas. Y allí había que estarse, calladito, calladito, las dos horas; hasta que se levantaba su madre, le ponía la merienda, y ya todos hacían lo que tenían que hacer, con la caída del sol.

Pero aquellas dos horas eran interminables y Paquito, que tenía calor, pero no tenía sueño; se tumbaba en la colcha y con papeles de estraza jugaba a los aviones o espantaba moscas. Que, por cierto, comenzó espantándolas y terminó cazándolas. Las moscas zigzagueaban alrededor de Paquito, que se las inventó para ir cazándolas una a una. Cuando al tercer intento la cogía, le iba arrancando primero las alas y la dejaba correr por la colcha un ratito viendo cómo evolucionaba: colcha arriba, colcha abajo; y luego le iba quitando una a una las patas. Le iba quitando las patas de atrás hasta que le dejaba solo dos de delante. Y las pobres moscas se iban arrastrando, huyendo de las manos de aquel asesino. Por fin, la cogía entre los dos dedos pulgar e índice, le apretaba el abdomen y le iba sacando las tripas blancas y amarillas. Por último, le daba con la suela de la esparteña y la mosca se quedaba pegada al cáñamo y ya no había mosca. Luego hizo algo más divertido. Cogió un tapón de corcho de los de las garrafas que había en el camaranchón y, con una navajita vieja, lo fue vaciando hasta que lo dejó hueco, con una base, un respaldo y un techo, y todo lo demás se lo había quitado. Luego, con los agujones de colorines de su hermana, hizo una jaulita que estaba preciosa, con todos los colorines por encima, y allí iban a parar las moscas una vez cazadas. Había que ver cómo se agarraban con sus pobres patas a los barrotes plateados donde las había encerrado el carcelero. Luego las dejaba allí al sol y las pobres, al principio, se movían mucho, pero luego se iban quedando quietas hasta que ya no se movían más y es que estaban muertas.

Pero luego ideó la jaula de papel y fue haciendo jaulitas de papel. Al principio, los barrotes estaban demasiado separados y las moscas se le escapaban, pero luego fue haciendo los barrotes finos, aunque lo suficientemente juntos como para que las moscas no se pudiesen escapar.

Todo iba bien. Era más fácil hacer jaulas con papel que con los tapones de corcho, porque vaciar los tapones de corcho daba mucho trabajo y no tenía tantos agujones. Sin embargo, trabajar con el papel fue estupendo, porque siempre tenía hojas de libretas viejas con las que doblar, cortar y pegar, y ya tenía una jaula para muchas moscas. El hecho era que en el verano su casa siempre estaba llena de moscas. Y estorbaban mucho, porque siempre se ponían encima de la mesa y en los muebles. Y las bombillas siempre estaban llenas de cagadas de mosca, y los cuadros y los cristales de las ventanas. Su madre decía que la casa daba asco de tanta mosca. Así es que, poco a poco, fue haciendo jaulas y más jaulas. Unas las hacía con una asita, otras con dos cogedores, unas de papel cuadriculado y otras de papel de estraza. Las cuchillas viejas de afeitar, marca Palmera, cuando ya no le servían a su padre, porque cuando se afeitaba veía los luceros, las cogía él y, con ellas, iba haciendo los cortecitos de los barrotes de las jaulas para las moscas.

Viendo su madre que había menos moscas, se preguntaba que por qué sería eso. Por fin descubrió que Paquito tenía en el camaranchón, apiladas, una serie de jaulas todas llenas de moscas, unas vivas y otras muertas, y le dijo que aquello era una marranada y que no quería ver aquellas jaulas más en su vida.

Paquito se dio una llantina de padre y muy señor mío, porque le querían quitar su entretenimiento de las siestas, sábados y domingos incluidos. Entonces ideó otra manera de pasarlo bien, que era cazar las moscas durante la siesta y meterlas en las jaulas; luego haría una hoguera y les pegaría fuego. Así su madre ya no tendría las bombillas llenas de cagadas de mosca, y él no se aburriría en las tardes tórridas de un calor tan insoportable que hacía que todo el mundo se tuviese que ir a la cama a sobar la oreja.

Por fin pudo realizar su sueño. Ya no apilaría más jaulas con moscas que a su madre le daban tanto asco. Él la libraría de las moscas y ya no volverían más a cagarse en las bombillas ni en los cristales.

Cuando aquella tarde tenía Paquito su jaula con veintitrés moscas, se dijo que esa tarde ya tenía bastante. Esperó a que todos se hubiesen levantado y a que le diesen la merienda, para irse con su amigo Juanito al barranco con la jaulita de las veintitrés moscas.

Salió con su merienda en una mano y con la jaula en la otra. Fue a casa de Juanito que estaba metiéndose entre pecho y espalda una torrada de pan con aceite, sal y unas gotas de vinagre, amén del pimentón que parecía sobrasada de verdad, y ambos se fueron muy calladitos al barranco. Se escondieron tras unos matorrales y Paquito sacó una caja de cerillas del bolsillo. Prendió fuego a la jaulita, que ardió enseguida, y con ella las alas de las moscas, pero no las moscas, que corrían despavoridas de aquí hacia allá, como locas, entre las cenizas de la jaula de papel.

Lo peor vino después, porque las llamas de la jaulita se corrieron a unas hierbas secas que había por allí. De unas hierbas se pasaron a otras y pronto empezó a arder todo lo que había en el barranco. Paquito y Juanito estaban asustados porque aquello no había manera de pararlo. Suerte que desde el pueblo alguien lo vio y vinieron varios vecinos con cubos de agua. A todo eso, Paquito y Juanito estaban detrás de unas matas, al amparo de las miradas de los vecinos. Pronto los descubrieron y se los llevaron al pueblo, cogidos por las orejas. Les dijeron que si eran tontos o qué, que si no sabían que aquella primavera había llovido mucho, que había mucho matorral y que cualquier llamita podía provocar un incendio. Ellos dijeron que no, que no lo sabían; y que solo querían matar a las moscas que se cagaban por todas partes, incluso en los cuadros. Esta vez cobraron Paquito y Juanito, cada cual por su parte, de las manos derechas de sus madres, que les calentaron los culos, y bien.

Los higos chumbos

Era ya pleno verano y se consumaba cada año el ritual de ir a las chumberas a coger los higos de pala. Esta labor se hacía de madrugada y las chumberas estaban a las afueras del pueblo, a unos tres kilómetros de distancia. Eran de la madre de Juanito, que tenía unas fanegas de tierra absolutamente yerma, pero con unas chumberas que daban unos higos rojos, dulces, que eran la envidia de todo el pueblo. Pues bien, eso de levantarse a las cuatro de la mañana para ir a coger los higos era un proceso que solo se hacía un par de veces al año y que llenaba de misterio aquella jornada. Porque eso de levantarse antes de amanecer, cuando aún no había un alma por el pueblo que había que cruzar, era una aventura maravillosa. Juanito avisó a Paquito si quería ir con él y su madre a coger los higos. Había que cogerlos con la fresca, cuando el rocío todavía mantenía los higos mojados, porque, si no, con el aire las pinchas salían volando y ponían la cara y el cuello perdidos.

Levantarse para tal ritual era una odisea porque a las cuatro de la mañana todos dormían. Paquito tenía que ponerse un despertador que hacía un tic-tac de mil demonios durante toda la noche y cuando sonaba, había que hacerlo callar enseguida para que no despertara a nadie más. Todo aquello había que hacerlo a oscuras porque a él no lo dejaban encender el quinqué y, sin siquiera lavarse la cara, tenía que salir de estampida a casa de Juanito que ya lo estaba esperando.

Aquella mañana salieron Paquito, Juanito y la señora Juana con un carretón, un cántaro con agua, dos breveras, unas grandes y largas tenazas de hierro, unos capazos y una escoba vieja.

La madre de Juanito llevaba el carretón y, sobre él, llevaba el cántaro con agua, los capazos, las tenazas y la escoba. Juanito y Paquito llevaban cada uno una brevera. Al principio, iban los dos muy formalitos, uno al lado del otro, junto al carretón y en silencio. Pero el camino era largo y empezaron a correr montados a guisa de caballo, arrastrando la caña por el suelo, dándose palmadas en el culo con la mano ahuecada, para simular el ruido del galope del caballo que con la izquierda gobernaban, y levantando polvo con las corridas y el arrastre de las cañas. Luego cambiaron y corrían brevera en ristre. Por fin, la señora Juana, harta de tragar el polvo que los zagales iban levantando, les dio una orden tajante de que si no se portaban como chicos buenos y a su lado, que se la iban a cargar y que no seguirían con ella para coger los higos.

Volvieron los niños al paso de la mujer y el carretón, y seguían con la caña arrastrando, pero ya formalitos y callados. Ya clareaba cuando por fin llegaron a las chumberas. Los chicos iban cogiendo los higos con las breveras y los iban poniendo en el suelo, en unas piedras que había junto a las palas, para que luego su madre los regara con agua, los barriera y así quitarles las pinchas. Juanito se puso por un lado de las chumberas y Paquito por el otro. Iban cogiendo higos cada cual según su lado, pero hubo un momento en que las breveras chocaron por casualidad y aprovecharon para, jugando, chocar varias veces. Al principio eran unos golpecitos suaves e imperceptibles para que la señora Juana no se enterase; pero pronto se convirtió la cosa en una guerra de altura. Chocaban con furia las breveras, agitaban la chumbera y magullaban algún higo y alguna pala. La señora Juana, ajena a la batalla que se estaba librando a su costado, cogía los chumbos con las tenazas y, cuando tenía un capazo casi lleno, lo volcaba en el suelo junto a los de los críos. Pero con todo aquel entrechocar de breveras, las pinchas de los higos iban saltando y volaban a donde mejor las conducía la corriente de aire. Una lluvia de pinchitas casi microscópicas cayó sobre la cara y las manos de la señora Juana, y una fue a caerle en un ojo. Empezó a restregarse con furia porque le picaba mucho y el ojo se le puso rojo como un tomate.

—¡Niños del demonio! —dijo la pobre mujer apesadumbrada y llorosa.

Y, cogiendo del cántaro un poco de agua con las manos, se echó unas manotadas a la cara. ¡Que si quieres! El ojo le picaba, le dolía y le lloraba. Los niños no sabían qué hacer y los higos estaban en el suelo y no se podían coger con las manos ni nada.

Tal como estaba, la señora Juana no podía hacer otra cosa más que llorar y taparse la cara con un pañuelo y, como ciega, se dejó conducir por los niños hasta el pueblo, llorando como una desesperada y jurándose que no volvería nunca más a coger higos con aquellos dos demonios.

Todavía no estaba alto el sol cuando llegaron al pueblo, pero ya había vecinas que rociaban las puertas con el agua de lavazas, para que no se levantase polvo y no les entrase en la casa; que lo de las carreteras asfaltadas vendría muchos años después.

—¿Qué te pasa, Juana? —le dijo una vecina al verla pasar con el ojo tapado y conducida, casi a ciegas, por los niños.

—Que estos se han puesto a pelearse con las breveras y me han saltado pinchas de los higos de pala en los ojos —dijo la señora Juana.

—Si lo que no se les ocurra a estos bichos, no se le ocurre a nadie —contestó la vecina con voz chillona, como queriendo reñir a los niños—. Pues vete a la farmacia y que te lo miren enseguida; que eso mismo le pasó a la Antonia, hace dos años, y ya ves, le tuvieron que saltar el ojo —añadió la vecina.

Paquito, muy compungido, con la conciencia de pecador, se fue a su casa y se acostó con mucho sigilo para que no se enterase nadie de que había llegado ya, y se durmió como un culpable arrepentido.

Juanito, sin embargo, iba de la mano de su madre camino de la farmacia. Pero la farmacia no abría hasta las nueve y eran más o menos las siete y media, así es que se dirigieron a su casa. Cuando llegaron, la hermana de Juanito se echó a llorar al ver así a su madre y dijo que había que llevarla al médico, don José, «porque mira lo que le pasó a la Antonia, la hija del molinero, que está tuerta desde entonces». La madre se acostó en la habitación totalmente a oscuras porque le molestaba mucho la luz y no paraba de llorar. Juanito, que acompañaba lloroso a su madre dondequiera que iba, se sentó al lado de la cama, en una banqueta, a oscuras y con el ánimo compungido.

La señora Juana era viuda desde hacía ya tres años. Una mula le dio a su marido una coz y el hombre se murió de tétanos. Así es que solo entraba en casa lo que la pobre mujer ganaba limpiando en la iglesia, en la casa del señor cura, en la farmacia y en la pastelería; que se daba la pobre verdaderos tutes a limpiar, a quitar y poner los papeles de las moscas, a enjalbegar las paredes y lavar en la pila de la poza de los gusarapos.

Y la señora Juana, allí en la cama, sin poder moverse porque le dolía mucho el ojo.

Por fin dieron las nueve y fueron a la farmacia. El mancebo dijo que aquello no le gustaba nada, que el farmacéutico esa mañana se había ido muy temprano a la capital y que no volvería hasta la tarde, que lo mejor era que la llevaran al médico y que él diría qué era lo que había que hacer.

Así lo hicieron madre, hija y Juanito, que también lloraba. Se fueron a casa de don José y, cuando el médico llegó, era ya casi mediodía, porque había tenido que acudir al campo a ver a una muchacha que estaba de parto y el crío venía de culo. Así es que, cuando don José vio el ojo de la señora Juana, y vio que el ojo era un tomate rojo inyectado en sangre, le dijo que cogieran de inmediato un coche de punto y que se fueran a la capital a ver al oculista, porque aquello no le gustaba nada.

Cogió la señora Juana el taxi de Paco y le dijo que la llevara urgentemente al hospital, que ya verían si no había que sacarle el ojo como a la Antonia, que la mala suerte la acompañaba desde que nació. Pero antes le dijo a su hija que fuese donde los higos de pala y se trajese el carretón con las cosas que había dejado allí. Que seguramente ella estaría en casa por la noche. Le dijo también que fuese buena chica y que hiciera lo que pudiese porque ella ya tenía bastante. Que vendiera los higos, que no se los comieran porque no sabía de dónde iba a sacar el dinero para pagar lo que se le venía encima.

Partió la señora Juana hacia la capital con el taxista. La hermana de Juanito se puso un sombrero de paja en la cabeza y se fue sola, bajo un sol de justicia, donde los higos de pala. Cuando llegó se le llenaron los ojos de lágrimas, pues el carretón estaba allí, las breveras, el cántaro, todo menos los higos. Había pasado un rebaño de cabras y no habían dejado ni uno.

Afortunadamente, lo de la señora Juana no fue más que un susto. Solo tuvieron que ponerle una pomada y un colirio, y a los ocho días ya estaba bien. Lo que sí dijo la señora Juana fue que nunca más llevaría a los críos con ella a coger higos de pala.

La varicela

Era un verano calurosísimo y, exactamente el día de Santa Ana, Paquito amaneció con fiebre, dolor de garganta y unos puntos rojos en el cuello y en el pecho que, según la criatura, picaban mucho.

Su madre le puso polvos de talco en el pecho y en las axilas, le dio media aspirina y le dijo que se quedaría en la cama porque iba a llamar al médico, y lo bajaron del camaranchón a la cama de su hermana.

Su hermana dormía en una habitación que tenía una ventana que daba a la calle y que era la más bonita de la casa. Tenía una reja llena de macetas, muchos volantes blancos en los visillos transparentes de gasa, en los almohadones y en la colcha de la cama.

Él dormía en un catre de tijeras que le pusieron en el camaranchón, pero su hermana tenía una cama antigua preciosa, con unas columnas labradas y un copete muy bonito de flores, que había sido de la abuela Carmen hasta que se murió. En una de las columnas había un rosario de azabaches colgando y en la pared un cuadro sin cristal con una estampa de la Virgen del Carmen, que estaba llena de cagadas de mosca. Lo de la Virgen del Carmen era porque su hermana se llamaba Carmen, igual que su abuela, y la colcha era de encaje con transparencias color morado, también muy bonita, que se veía desde la calle y era la envidia de todos los que pasaban por delante de la ventana, ante una habitación tan preciosa, porque desde la calle no se veían las cagadas de mosca que tenía el cuadro de la Virgen del Carmen.

Cambiaron las sábanas y pusieron una colcha limpia, blanca, nueva. Como decíamos, bajaron a Paquito, que decía que le dolía mucho la garganta y tiritaba de frío a pesar de la calina que estaba cayendo, porque al camaranchón no iba a subir el médico. Al camaranchón solo subía la familia y Juanito cuando ambos niños querían hablar de cosas importantes y maquinar alguna treta con la que contrarrestar el aburrimiento.

Juanito se asomó a la reja de la ventana mientras su hermana ponía al enfermo paños de agua y vinagre sobre la frente y, sentada a su lado, hacía ganchillo para amenizar las horas de espera hasta que viniese el médico. Le dieron media aspirina y, viendo Carmen a Juanito pegado a la reja, le dijo:

—Yo que tú me iría a mi casa, porque a lo mejor Paquito tiene algo contagioso y te lo pega. Así es que vete a tu casa, que menuda está cayendo.

Y dicho esto se acercó a la ventana y entornó los postigos para que la habitación estuviera a oscuras; pero lo que de verdad quería era que Juanito se fuera, porque a lo mejor venía su novio y prefería que no hubiera testigos.

A las doce y media vino don José y dijo, después de haberle mirado la lengua presionándosela con el mango de una cuchara, haberle auscultado el pecho y la espalda, haberle tocado detrás de las orejas y tomado la temperatura, que lo que tenía era la varicela, que no saliera a la calle, que siguieran poniéndole los paños de vinagre sobre la frente y, sobre todo, que no se rascara, porque después quedan unas grandísimas cicatrices, que le pusieran polvos de talco y que no lo lavaran, que no lo tocara nadie que no la hubiese pasado porque era muy contagiosa, y que lavasen la ropa con agua hirviendo. Dijo también don José que tomase unos sobres con unos polvos que sabían a rayos, que lo tuviesen a dieta tres días, sólo a base de agua con limón y, si acaso, con un poco de azúcar.

Se fue don José y al cabo de un rato el crío, que tenía rojeces y puntos blancos por todas partes, estaba a cuarenta de fiebre y deliraba. Decía tonterías cual más tonta. Aquello preocupó a su hermana Carmen, que fue a contarle a su madre lo que ocurría. Vino la pobre mujer a revisar a su hijo del alma y vio que estaba desmadejado sobre la cama y musitando tontadas sin cuento. El crío hablaba de caballos y de bicicletas, de una higuera y de fuego. Su madre pensó que el niño se había vuelto loco, y que aquellos disparates motivados por la fiebre no eran sino el resultado de sus descuidos personales. Y la buena mujer se echaba la culpa de las penalidades que el muchacho estaba sufriendo.

A su hija le dijo que continuase con los paños de vinagre muy fríos en la frente a ver si le bajaba la fiebre, y salió disparada hacia la casa del médico. Entró como una tromba en la consulta sin apenas dar los buenos días, preguntó por don José con premura y, llorando como una desesperada, le balbució al pobre hombre, que estaba en pie desde las cuatro de la mañana, venga a dar el zancajo por todos los caseríos que tenía a su alrededor, que su pobre hijo deliraba y que no sabía qué hacer.

La calmó don José como pudo y salió con la señora Josefa dispuesto, si fuera preciso, a rectificar el diagnóstico, aunque los síntomas eran evidentes de varicela y él pensaba que no se había equivocado, pero todo podía ser.

Cuando llegaron a la casa y entraron a la habitación vieron que el niño estaba con su hermana, ambos entregados al juego de la oca. Y oyeron que el niño decía: «y tiro porque me toca…», con lo que la señora Josefa se quedó más corrida que una mona, porque al niño le había bajado la fiebre de golpe y estaba totalmente normal, menos los síntomas agudos de la varicela que seguían su curso.

—No te confíes —le dijo don José—. Ahora le ha bajado la fiebre, pero le volverá a subir. No obstante, vamos a reconocerlo otra vez.

Efectivamente, cuando pasaron un par de horas Paquito estaba otra vez a tope de fiebre y diciendo tonterías.

El mayor problema lo tenía Carmen, que, si cuando su hermano tenía fiebre tenía que estar poniéndole paños de agua y vinagre, y cuando estaba despierto tenía que jugar a la oca, pues estaba ya un poco harta. Así es que, de vez en cuando, se salía de la habitación y se iba por aquí o por allí. Las discusiones que tuvo con su madre por este motivo fueron fenomenales, pero la chica desaparecía de tanto en tanto y dejaba al muchacho solo, bien fuera con el paño puesto, bien fuera durmiendo.

Así pasaron tres días. Paquito no tenía fiebre y se aburría en la cama como una ostra y no sabía qué hacer. Y él allí, en la cama, sin fiebre y sin poder moverse. Su hermana se iba y lo dejaba solo con la excusa de que tenía cosas que hacer. Pero era mentira, porque no tenía nada que hacer en ninguna parte. Carmen le trajo dos tebeos que había en la casa, que eran de los de antes de la República y que ya se sabía de memoria, una libreta nueva de papel a cuadros y la caja de los lápices de colores. Y le dijo que copiara los dibujos; pero Paquito no sabía qué dibujo copiar y comenzó a hacer rayones por todo el tebeo, luego hizo rayones por el cuaderno, que lo puso hecho un asco, luego siguió con las paredes y, por fin, con el cuadro de la Virgen del Carmen. De pronto, se dio cuenta del desastre que había hecho con aquella habitación tan bonita, de la cama preciosa de las columnas y el copete de flores.

Sigilosamente se fue al camaranchón y buscó una goma de borrar. Bajó tan sigilosamente como había subido y empezó borrando los rayones del cuadro de la Virgen. Apretaba la goma con furia, que hasta saltaron las cagadas de las moscas, pero, cuando vino a darse cuenta, el cuadro de la Virgen del Carmen, que era una estampa de un almanaque muy antiguo, porque aquella había sido la habitación de la abuela Carmen, que vivió con ellos hasta que se murió y luego heredó la habitación su hermana, pues eso, que el cuadro estaba hecho un desastre. A la Virgen le faltaba un ojo y parte del manto por su lado derecho, al escapulario le faltaba todo el dibujo, el Niño Jesús no tenía mano derecha y, además, estaba todo el cuadro lleno de rayones azules, rojos y verdes, que apenas dejaban ver a la Virgen, porque había hecho las rayas muy pegaditas, primero con un color y luego con otro, y con otro…

Cuando a su hermana le dio la gana de aparecer por la habitación, se encontró al crío encaramado al copete de la cama y frotando con furia todavía en el cuadro con la goma de borrar, todas las paredes llenas de rayas de colores, que hasta había hecho surcos en el yeso de la pared de lo fuerte que había apretado el lápiz, y se puso a llorar como una desesperada. Cogió al crío y empezó a darle palos, que no miraba dónde le daba, y uno de los palos le vino a dar en la sien. El niño cayó desmayado. Entonces, Carmen se asustó y empezó a gritar llamando a su madre, que acudió a los gritos de terror que estaba dando la muchacha, porque la chica creía que lo había matado de tantísimos golpes como le dio.

Salieron corriendo con el niño en brazos hacia la casa de don José y este lo auscultó, lo tocó por todas partes a ver qué le pasaba. Afortunadamente, no había sido nada y pronto salió Paquito del desmayo. A todo esto, Carmen no dijo ni una palabra de que ella había calentado al muchacho. Dijo que había salido un momento al retrete y que, cuando volvió, se encontró al crío en la cama así, sin sentido, y con toda la habitación pintarrajeada. No dijo nada del cuadro, ni de lo disgustada que había estado. Dijo que solo había salido de la habitación diez minutos para ir al retrete, y que había tardado tanto porque tenía estreñimiento.

Todos la creyeron a ella y, cuando vieron cómo estaba el cuadro de la Virgen, dedujeron que el angelito, movido por la fiebre, no había sabido lo que había hecho y, al percatarse, se puso a deshacer el entuerto y se cayó del copete de la cama, se hizo las magulladuras que tenía en todo el cuerpo y se desmayó. Don José cogió a Carmen aparte y solo le preguntó:

—¿Cuántos palos le has dado?

Carmen se calló y no dijo nada; pero todos la creyeron a ella porque siempre el travieso era Paquito, y no ella, que ya era mayor y ya tenía novio, aunque aquel novio aún no era formal.

Lo de las paredes era lo de menos porque total, con cuatro brochazos de cal, aunque no se encalarahasta finales de noviembre se arreglaba la cuestión; pero con el cuadro de la Virgen del Carmen no, que era el de su abuelita. Y a ver dónde encontraba ella otro cuadro de la Virgen del Carmen, que ya no se hacían cuadros tan bonitos ni con tantos colores.

Por supuesto, Paquito subió de inmediato al camaranchón y no bajó de allí hasta la Virgen de agosto.

El caballo

En el pueblo de Paquito, como en todos los pueblos de España, siempre hay, como mínimo, un señorito. Y lo de ser señorito se manifiesta sobre todo por lo que ostenta, por lo que aparenta ante los vecinos. Pues bien, Paquito vivía muy cerca de donde vivía el señorito que, como elemento inequívoco de ostentación en esos tiempos, tenía un caballo. En el pueblo casi nadie tenía un caballo. El que más tenía era una mula para trabajar en el campo, como tiro con el trillo en la era y para, con un carro, el transporte de las mercancías a la lonja, de las personas e, inclusive, de los muertos al cementerio; pero un caballo… Nadie tenía un caballo, excepto el señorito, que, además, tenía un gitano que era el que se cuidaba del caballo y también de cinco mulas para la labranza.

Aquel caballo era nuevo. Un caballo absolutamente negro con una estrella blanquísima en la frente y las ranillas de las patas con sendas pulseras blancas. Era un caballo alto, fuerte y joven, que hacía las delicias de Paquito cada vez que lo veía salir, con su jinete tocado con una gorra y una fusta de cuero. Del señorito se ignora hasta el nombre y todo el mundo le llama el señorito. Ni don fulano ni don perengano, solo el señorito. Y todo el mundo sabía que el señorito no se codeaba con la gente del pueblo. Solo establecía alguna relación con el boticario, el médico y el señor cura. Una relación muy leve, cordial pero breve, y siempre de tú a tú, como iguales, cosa que no ocurría con los demás del pueblo que eran absolutamente ignorados por el señorito, a quien no se le conocía mujer y que, cuando mozo, se fue a estudiar a

Madrid y no se sabe si sacó carrera o no; lo que sí se sabe es que nunca, ni de pequeño, jugó con los críos del pueblo y, cuando hombre, siguió en las mismas. No obstante, y sin saberse por qué, todo el mundo le tenía un enorme respeto. Todos los hombres, si se cruzaban con él, bien a pie, bien a caballo, se descubrían quitándose la gorra y él les devolvía siempre el saludo con una ligera inclinación de cabeza, pero nunca dijo ni buenos días ni buenas tardes. Y las mozas o las mujeres del pueblo, como siempre que salían llevaban un pañuelo negro a la cabeza, pues con la *viserilla* del pañuelo se cubrían los ojos, y así ignoraban a aquel señor que salía a caballo, y del que no sabían absolutamente nada excepto que era el señorito; que solo Dios sabía cuáles eran sus intenciones, porque un hombre que vive solo en un caserón, a quien no se le conoce mujer, pues a saber de qué se libraban las mujeres y las mozas del pueblo ignorándolo. Y, aunque muchas de las mozas del pueblo decían que era muy guapo, bien, lo que se decía bien, no lo había visto ninguna.

Al portón de las cuadras, que era una enorme puerta que se levantaba dos palmos de suelo y que daba a un patio grandísimo, con árboles y un abrevadero, acudían muchas veces Paquito y Juanito que se recostaban en el suelo, solo asomaban la cabeza por una esquina para ver cómo el gitano le daba carreras al caballo, o lo cepillaba a la caída del sol. Pues bien, una de las tardes que acudió Paquito solo a mirar el caballo, a quien admiraba como un ser de otro mundo de bonito que era, el gitano lo estaba trabajando; y el caballo cabeceaba y coceaba y no respondía como siempre a las órdenes del gitano. Al poco, Paquito vio al señorito que salía a ver cómo evolucionaba el caballo por el corralón y le dijo algo al gitano que Paquito no pudo oír. Lo que le dijo fue: «Llévatelo y cánsalo. Ese caballo está muy entero y hay que castigarlo un poco».

Paquito vio que el gitano ponía la montura en el caballo, apretaba los arneses, lo embocaba y se montaba en él. Desde los bajos de la puerta donde espiaba, Paquito solo vio que el gitano salía al paso con el caballo y, sin pensárselo dos veces, Paquito se fue tras el caballo y el gitano. Porque si hubiera sido el señorito bien se hubiera librado y muy mucho de ir tras él; pero siendo el gitano, pues la cosa cambiaba, y Paquito se fue andando al paso del caballo, detrás de él y con rumbo desconocido. Eran más o menos las seis y media de la tarde, y Paquito no le había dicho a Juanito qué iban a hacer esa tarde. Así es que, liberado del compromiso con su amigo, se dedicó a seguir al caballo aquel tan hermoso con su estrella blanca en la frente, que lo tenía entusiasmado de lo bonito que era. El gitano lo llevaba al paso, sin prisa, sin poner ninguna intención en aquel paseo más que el de cansar el caballo, y que el caballo viera por sí mismo lo que se le podía hacer si seguía siendo revoltoso. Y como el gitano no tenía prisa ni tenía nada más que hacer, cogió sendas y caminos y se adentró en unas vaguadas y unos barrancos y continuó hacia lugares de los que Paquito no tenía idea ni sabía de su existencia. Los campesinos que iban viendo aquel jinete a quien no conocían más que de haberlo visto alguna vez con aquella bestia, admiraban el caballo y veían tras ellos a un niño de unos 8 años, pero nadie le dijo nada a Paquito ni saludaron al gitano que, además, no conocía a nadie porque el gitano había sido traído por el señorito desde Andalucía, y nadie lo había visto antes ni nadie había hablado nunca con él.

Llegó el gitano en su cabalgadura a un caserío donde había una tienda en la que tenían una bodega. Allí servían vino de unos barriles grandísimos, en unos pequeños vasos de cristal. Ató el gitano el caballo a la puerta y se metió en la bodega; al poco, sacó un cubo con agua y se lo puso delante al caballo, que se lo bebió de un tirón. Paquito se sentó junto a la puerta y esperó descansando. Aquel descanso fue su perdición porque, mientras estaba caliente no hubo problema, pero con aquel descanso los pies se le aflojaron y empezaron a hinchársele, y vio que tenía bambollas en el talón y rozaduras en los dedos.

Le pareció que llorar en una ocasión como aquella era una tontería, porque el gitano aquel no sabía ni que iba detrás del caballo ni nada. El gitano se tomó cinco o seis vasos de vino, pagó y volvió a montar en el caballo y siguió su camino. Paquito veía que estaba anocheciendo y que los caminos por los que iban no los había pisado nunca ni sabía de su existencia. Así es que se pegó mucho al caballo y siguió caminando detrás para no perderse. Tarde o temprano llegarían al pueblo. Pero si abandonaba ahora igual no sabía volver. Su sentido común le dijo que siguiera al caballo, y ahora muy pegadito a la cola, porque no era noche de luna y apenas se veía nada. Y el gitano venga a cansar el caballo y el caballo venga a caminar, y Paquito con los pies hechos polvo de tanto andar. Allá a lo lejos vio unas luces, pocas, porque en esos tiempos solo se iluminaba lo justo, y Paquito pensó que ya llegaban al pueblo. Pero ¡ca! El pueblo aquel se quedó atrás, el caballo venga a caminar y el gitano montado allí, tan cómodo en su caballo, mientras que Paquito, aparte de tener los pies hechos cisco, estaba temiendo que cuando llegara a su casa, que ya no podía tardar mucho, le iban a dar una zurra de padre y muy señor mío.

A todo esto, a eso de las siete de la tarde, Juanito había ido a casa de su amigo a preguntar por él porque no lo había visto desde antes de comer.

—¿No está contigo? —dijo la señora Josefa extrañada, porque ella no lo había visto desde después de la siesta.

—No —dijo Juanito.

Y se fue a su casa a apedrear gorriones que era lo que hacía cuando no estaba con Paquito, porque Paquito sabía inventárselas y él no.

La madre de Paquito subió al camaranchón y allí no estaba, tampoco estaba por el resto de la casa por la que rastreó habitación por habitación dando gritos: «¡Paquito, Paquito…!». Salió a la calle como una loca y empezó a preguntar por el crío a unos y a otros. Nadie lo vio detrás del caballo y nadie le pudo dar razón. La pobre mujer pensó que le habían robado al crío porque era sano y, seguro, que había sido un chupasangres, que era como llamaban entonces a los tuberculosos, que robaban niños para chuparles la sangre y luego los dejaban por ahí, tirados en los barrancos o en algún pozo perdido. Nunca había ocurrido, pero en los pueblos era *vox populi*, y todos creían a pies juntillas que existían los chupasangres.

La que armó la señora Josefa para buscar al crío… Enseguida se organizó una batida para buscar a Paquito. Iban preguntando casa por casa y fueron hasta la casa del Genaro, que estaba tísico y a lo mejor había sido él; que la gente cuando está mala no sabe lo que hacer para curarse.

Claro que Paquito no estaba allí y entonces fue peor. Todas las madres de los críos del pueblo encerraron a sus hijos pequeños para que no salieran, porque no se sabía qué había sido de Paquito y era porque, a lo mejor, se lo había llevado un chupasangres.

Cuando jinete, caballo y Paquito se acercaron al pueblo eran las doce y pico de la noche. Las mujeres llorando, los hombres diciendo que aquello no podía ser, que había que vigilar bien el pueblo para ver quién entraba y quién salía, porque iba en ello la seguridad de sus familias. Se juntaron en la iglesia, y allí estaban reunidos discutiendo con calor, dando cada uno su opinión de lo que había que hacer, aunque quien llevaba la voz cantante era el boticario, que tenía ascendiente sobre el pueblo y además autoridad.

Era más de medianoche cuando vieron pasar al gitano en el caballo y, detrás, a Paquito, que no sabía dónde estaba porque iba con los ojos semicerrados, casi dormido, pero caminando detrás del caballo a quien seguía prácticamente a ciegas.

Cuando los hombres, desde la puerta de la iglesia, vieron el espectáculo de gitano, caballo y niño, se echaron a reír y dijeron: «Cosas de críos».

Sí, sí. ¡Cosas de críos! Cuando Paquito llegó a su casa, cogió la señora Josefa al niño, le bajó los pantalones y, con un alpargate nuevo de esparto, le dio tal paliza en el culo, que estuvo Paquito quince días con el culo hecho cisco, porque le levantó ampollas que tardaron quince días en curarse. Pero lo peor no fue eso, sino que su hermana, con su especial cariño, le decía: «¡Golfo, sinvergüenza!» cada dos por tres, y que le dolía casi tanto o más que la paliza del alpargate. Total, porque a él le gustaba tanto aquel caballo tan precioso y se había ido a dar una vuelta con él.

Cuando llegó su padre a los tres días, porque estaba de matanza en un pueblo a veinte leguas del suyo, lo único que le dijo fue:

—Vaya pieza. Desde luego, hijo, tienes a quien parecerte.

El toro (de Pepe Tortosa)

Un estruendo de campanas y cohetes despertó a Paquito y su familia a las ocho en punto porque se celebraba la Virgen del Carmen, fiesta mayor. El administrador del pueblo, muy rumboso, había concertado con el consentimiento de la asociación de vecinos tirar la casa por la ventana. Había organizado que ese año, por las fiestas, se casaba su hija, hacer una fiesta con cohetes y demás fuegos de artificio y marear un toro, cosa que se hacía de vez en cuando.

Paquito salió disparado a buscar a su amigo, sin desayunar ni nada.

Era un día grande, ya se veía por el concierto de petardos y cohetes, y Juanito hizo lo mismo, así que se encontraron en la calle. Apenas podían hablar de lo emocionados que estaban, prometiéndose el jolgorio de la festividad.

Para empezar, Juanito desayunaba en casa de Paquito. La señora Josefa había hecho churros y estaba preparando el chocolate. Se sentaron a la mesa y ya se disponían a comer cuando Carmen, la santa del día, les dijo que si querían desayunar tenían que lavarse las manos, que también venía su novio y ellos eran unos marranos.

Callaron ambos y se fueron a la palangana que había en el lavabo. Pero Paquito y Juanito empezaron a jugar con la pastilla de jabón a modo de proyectil. Al comienzo la pastilla cayó en las manos del otro, pero, una vez que cayó al suelo, ya todo fue un desastre. Paquito empezó a patinar y, a la primera, se cayó de espaldas. Los «ay, ay» resonaron en toda la casa, con el correspondiente reproche de Carmen, porque no tardaría en venir su novio.

Salió la señora Josefa a los gritos de su hijo y organizó la cura con unos trozos de hielo, porque a Paquito le dolía mucho la cabeza del golpetazo. Se calmó el crío y se puso en la mesa la fuente con los churros. Llegó Lucas, el novio de Carmen, que se sentó también a la mesa, entre a la señora Josefa y Paquito, porque Carmen se colocó junto a Juanito. Lucas y Carmen se lo decían todo con los ojos.

Paquito, todo hay que decirlo, no estaba a gusto lejos de Juanito y, sin querer, le volcó la taza del chocolate a Lucas sobre la pantalón. Ahí podíais ver a Carmen dando gritos y a Lucas quitándole importancia. Se fue al lavabo y se limpió el chocolate con algo de papel higiénico, pero el traje, que lo estrenaba ese día, estaría manchado para siempre. Carmen quiso limpiarlo ella, pero su madre no lo consintió. Lo hizo ella misma y terminaron el desayuno con el disgusto de Carmen, a la que le hubiese gustado limpiar a Lucas los pantalones azules, tan bonitos. A Paquito su hermana no se lo perdonaría nunca.

Juanito y Paquito salieron a la calle en busca de aventuras y los novios se quedaron con la señora Josefa muerta de la risa.

Paquito y Juanito llegaron hasta la plaza de la iglesia. Allí se había montado un tenderete con rejas de hierro y dentro había un precioso toro de Miura que esperaba una plaza de más categoría, pero no habría plaza. La reja estaba vallada con varios artilugios, pensados para que la gente no se acercara, sujetos con una cadena y un candado.

Se acercaron ambos críos, pero no se les permitió, pues habían puesto también a un guardián que les cerraba el paso. El guardián era un hombre de sesenta años que les impedía pasar y les decía cada dos por tres que se fueran, pero nuestros intrépidos héroes se quedaban allí, junto al toro bravo, porque un toro como ese no lo habían visto nunca. Paquito miraba al toro fijamente.

Poco a poco se arrimaban más y más al jaulón y podían oler al toro, que bufaba con furia. Hartos de los soplidos del toro, se fueron a dar unas vueltas por el pueblo, pero indefectiblemente cada dos pasos se volvían para mirar al toro aquel, tan bonito.

Hasta la tarde no soltarían al toro por el pueblo, con dos maromas atadas a las astas que lo guiarían por dónde debería ir, conducido por dos hombres grandes y muy fuertes, que no lo dejarían en todo el tiempo. El toro tenía un envergadura de dos metros y medio de largo y cuatrocientos treinta kilos; un señor toro, sí, señor. Y ahí estaban Paquito y Juanito, mirando al toro sin saber qué hacer

Presenciaron con interés la sujeción del toro y el bicho, resignado, se dejó hacer y dejó de bufar. Paquito y Juanito opinaron que ya era manso y que aquello estaba chupado. Se confiaron. Sacaron dos hombres al animal a las tres de la tarde y todo el pueblo salió a las calles para ver pasar al toro. Doblaban las campanas. Los cohetes se multiplicaron, amenizando la fiesta, pero al toro no lo dejaban campar por sus respetos y, tirón por aquí, tirón por allá, se soltó una de las maromas, pero el toro ya no estaba en el jaulón y tenían que volver a encerrarlo o dejar el cabo suelto, con el consiguiente peligro para la gente.

En el intervalo de la decisión, el animal, más asustado que fiero, miró a los espectadores y reconoció a Paquito, que tanto lo había mirado en el jaulón. Se fue para él improvisadamente y Paquito se acojonó viéndose en una situación que no había previsto. Quedó paralizado a la vista del toro y se orinó en los pantalones; no contaba con que su amigo Juanito sería el verdadero héroe de la tarde, porque Juanito, al ver a su amigo humillado hasta perder la honra, dio un paso hacia adelante, se quitó la camisa y, con ella a modo de capa, como había visto otros años, se dispuso a torear al miura para defender a su amigo.

No hizo falta, porque Sandalio, que era aquel cuya maroma que se había soltado, cogió a Juanito en volandas y lo sacó de allí.

Paquito se repuso del susto y agradeció a Juanito el detalle, que pudo costarle la vida. Juanito ya sería para siempre un héroe sin precedentes.

Lo que no esperaban ambos chavales era la zurra posterior que les llegó de la señora Josefa, cuando a sus oídos llegó la aventura del toro.

Y Juanito, que ya acariciaba la fama de la heroicidad, también recibió lo suyo.

Al ver a Paquito con la mancha de los orines en su pantalón, Lucas se frotaba las manos y su hermana, Carmen, le soltó un «Dios castiga y no con palos» que lo humilló más que la propia meada.

Anís con sifón

La señora Josefa trabajaba desde la mañana a la noche. La casa, los cerdos, los pollos, los pavos, los huevos, la ropa y la huerta que tenía detrás de la casa. Trabajaba como una burra y comía como un arriero. Cuando ella se sentaba a la mesa, se sabía cuándo empezaba, pero no cuándo aquello podía acabarse. Nada de ensaladas, excepto las de tomates, cebollas, ajos, olivas negras y bacalao, a las que les ponía un gran chorreón de aceite de olivas y luego hacía «mojete». Con él se comía media hogaza de pan, moja que te moja. En su mesa no se escatimaba el chorizo ni el tocino fresco ni la sobrasada, y se ponía como el Quico a base de embutidos y de habichuelas con morcillas, que le encantaban. Siempre se acompañaba de una o dos jarras de vino tinto y, para terminar la comida, caía no menos de medio melón en verano o un kilo de higos frescos.

«Trabajo como una bestia y como lo mismo que un animal», se decía a sí misma antes de irse a la cama al verse cada noche en el espejo de su cuarto, mientras se recogía a dos manos todas sus carnosidades.

Porque la señora Josefa era grande, coloradota, pechugona, con unos muslos que parecían troncos de árbol y un culo inmenso que balanceaba por doquier, dando culazos a los muebles a diestro y siniestro.

A pesar de sus carnosidades, la señora Josefa trabajaba como nadie y era risueña y simpática como pocas. En su hablar era muy ponderada y con mucho sentido común. Pocas veces se le oyó una palabra más alta que otra y todo lo más que hacía para reñir a cualquiera de los suyos era un «tsssss», que helaba la sangre de sus hijos y, no pocas veces, la de su marido, que sabía el geniazo que tenía «la mamá». Pues bien, aquella mujer que comía más que Pantagruel, tenía unas digestiones lentas, llenas de eructos y flatos por todas partes, cosa que aliviaba con agua de carabaña, bicarbonato sódico y sifón con anís paloma.

La cosa va de eso. El orden era el contrario que acabamos de explicar, pues, cuando veía que una comida se le había atravesado, se iba a la cómoda y se preparaba un lingotazo de Anís del Mono seco con un vaso de sifón fresco. La señora Josefa se bebía aquel vaso de líquido blanco como una nube, empezaba a regoldar como una carretera y los eructos se oían en toda la casa. Ella venga a fregar, a planchar o a barrer y los regüeldos se oían aquí o allí, dependiendo del sitio donde estuviera, pero todos la oían como un trueno esperado y que no sabes por dónde sonará. Si aquello no surtía efecto, venía el agua con bicarbonato y, regüeldo va, regüeldo viene, se pasaba sus buenas dos horas eructando y peyendo por doquier. Pero si aquello tampoco le daba resultado, se pegaba esa noche, después de un día de perros, un lingotazo de agua de carabaña.

A las cuatro de la mañana tenía que salir disparada al retrete, donde se le quitaban todos los males.

Paquito estaba presente cuando su madre comía y cuando su madre regoldaba, y cuando su madre pedía; pero también cuando su madre se tomaba el agua con bicarbonato, el agua de carabaña o el sifón con anís. Y veía que, si antes de tomarse alguna de aquellas cosas su madre iba con hipo o con desazón de estómago intentando eructar, cuando se tomaba aquella pócima a la buena mujer le salían mejor los flatos y los pedos, y se la veía como mucho mejor.

Cierta tarde, durante la siesta, Paquito estaba como siempre echado en su colcha, junto a la persiana, aburrido como una ostra porque no había ningún gato a la vista. Los gorriones parecía que se habían ahogado porque, a esa hora, no se veía ninguno, y no podía atacarles con el tirachinas que se había hecho con unas ligas viejas de su madre.

Así es que se levantó y, muy despacito, se fue al aparador, abrió con sigilo las puertas que chirriaban un poco y sacó la botella del anís. Con la botella abrazada se fue a la sala donde estaba el sifón fresco y, con mucho cuidado para no derramarlo y que no se le oyera, se puso medio vaso de sifón. Vertió anís en lo que quedaba de vaso y se volvió con el vaso lleno de anís paloma a su colcha. Aquello olía de maravilla. Se sentó en la colcha y se bebió, como su madre hacía, de un tirón, el contenido del vaso. Al principio todo fue bien. Incluso le gustó el sabor dulce del anís y la combinación con el sifón fresco. Pero pronto empezaron a entrarle arcadas y mareos y ganas de vomitar. «Ay, qué mal me siento. Ay, qué malico estoy» era todo lo que atendía a decirse el crío allí, sentado en la colcha, a la sombra de la persiana, sin gatos y sin gorriones. Y Paquito se lamentaba en su interior por haberse tomado aquella nube blanca que estaba tan buena, y que ahora le estaba sentando como un rayo.

Si se acostaba era peor porque todo le daba vueltas; pero si se enderezaba, el estómago quería salírsele por la boca, y las arcadas eran terribles por las molestísimas contracciones estomacales. Por fin vomitó. Lo vomitó todo: comida, ensalada y postre, así como el agua con el anís. Al ruido de las arcadas que hacía el crío para echar el contenido del estómago, se despertó la señora Josefa y acudió presurosa a ver qué le pasaba a su hijo que daba esos ayes tan lastimeros y las arcadas de los vómitos. Cuando vio cómo estaba la colcha de patatas, lentejas con chorizo, pieles y trozos de tomate sin masticar, amén de trozos de melón que había sido el postre de ese día, la señora Josefa se asustó pensando que alguna grave enfermedad le acontecía a su hijo, porque su hijo no había vomitado «ni de pequeñico». Así es que, viendo que tenía los ojos vidriosos y que empezaba a decir tonterías, como cuando tuvo la varicela, pensando que la cosa iba de meningitis por lo menos, porque se sabía que dos críos de por allí cerca acababan de enterrarlos por culpa de la meningitis que no perdona a los críos, sobre todo a los de esta edad, salió disparada con el niño en brazos a casa de don José, el médico.

Lo cogió en plena siesta. El buen hombre se levantó y cuando vio a Paquito, que era uno de los críos asiduos a la consulta, y a quien conocía como si lo hubiese parido él y no como mero asistente al parto, enseguida vio por el olor lo que el crío tenía. El crío estaba desmadejado, sin tono en los brazos y en las piernas, y le dijo a su madre que lo dejase en la camilla un ratito, que se saliera del consultorio y que no se preocupara. La señora Josefa dijo llorando como una Magdalena que ella no se movía de allí y que estaría al lado de su hijo pasara lo que pasase. Lo único que hizo don José fue pasarle por delante de la nariz un frasquito con amoniaco, cosa que el niño rechazó dándole un manotazo. La madre le sujetó las manos y don José volvió a ponerle delante de la nariz el frasquito, que la señora Josefa reconoció a la segunda vez que se lo pasó al crío, porque el amoniaco era el líquido que en las casas se utilizaba en esos tiempos para limpiar los cuellos de los chaquetones de pana de los maridos, que los ponían hechos un asco de tanta grasa como les echaba el cuello.

Por segunda vez, hizo el gesto de desagrado la criatura y, esta vez, como la madre le tenía cogidas las manos, pues no lo pudo rechazar y, entonces, no tuvo más remedio que aspirar los vapores del amoniaco. El crío, medio atontado aún, abrió los ojos y se puso a llorar.

—¿Qué tiene? —dijo la madre, que aún no terminaba de entender qué le había pasado al hijo de su alma.

—Nada, nada, mujer. Pero la próxima vez no dejes la botella del anís cerca de las manos del crío. Te puede hacer pasar un mal rato.

La señora Josefa volvió a su casa con el niño de la mano. Iba aún tambaleándose, arrastrándose casi y llorando sin consuelo posible. Alguna vecina, al verlo pasar, le preguntó a la madre qué le ocurría.

—Hija —le contestó la señora Josefa—, un descuido y se ha tomado un trago de anís.

La fogata

Todo empezó cuando, nada más acabar el colegio, se encendió en la plaza del pueblo una hoguera. Era la noche de San Juan y todo el pueblo aprovechaba para liberarse de trastos viejos, sillas desvencijadas, armarios a los que había invadido la carcoma, ropas en desuso y papeles que no se sabía qué hacer con ellos, porque entonces no pasaban los basureros. Cada casa tenía que liberarse de los artículos de los que quería desprenderse y que, si eran orgánicos, se echaban al corral y con el tiempo se integraban en el estiércol para terminar en los bancales como abono o si no eran orgánicos, pues había que llevarlos al barranco donde se despeñaba lo que fuera y allí se quedaba, ya fuese botella o lata de tomate, ya fuese palangana desportillada o plato roto.

El hecho es que aquella noche mágica, de la que decían los viejos que algunos muertos salían, era una noche especial en la que se sabía que el agua, si se ponía al sereno, con ella se curaban las verrugas. Esa noche, en la plaza de la iglesia, se encendía una enorme hoguera con todos los trastos del mundo y, a las diez de la noche, en cuanto acababa de ponerse el sol, se juntaban mozos y mozas alrededor de la hoguera y cantaban al son de las guitarras hasta que la hoguera se hacía brasa. Algunos pudientes tiraban algún cohete o algún petardo, pero pocos, que no estaban los tiempos para despilfarros. Entonces, los mozos demostraban ante las mozas lo machotes que eran saltando por encima de las brasas, que a veces tenían cuatro o cinco metros de diámetro. Los menos valientes saltaban por los lados; pero había unos mozos, como Paco el molinero, que era alto como una torre y fuerte como un toro, y que saltaba por el centro con el aplauso de las muchachas que veían que aquel sí que era un hombre y no como el Pedrín que, por no ser menos, saltaba, pero por donde el salto era pequeño, y no como el Paco, que saltaba por todo lo alto y demostraba que no solo era el más alto sino el más machote.

Durante todo el día habían ido los vecinos dejando cosas y más cosas amontonadas en el centro de la plaza, frente a la iglesia. Uno dejaba un arcón que ya ni era arcón; otro, cajas viejas; otro, la silla y el colchón del abuelo, que se había muerto en primavera y no sabían qué hacer con sus enseres, porque la ropa aún se lavó bien con lejía y sirvió para hacerle pantalones al Antoñito y al Juan; pero el colchón y la silla de anea estaban sucios de orines del viejo y apestaban incluso allí, en medio de la plaza, formando parte de lo que luego sería la hoguera.

El señor cura esa noche no salía a la puerta de la calle porque decía que aquella era una fiesta pagana y que él, como representante de la Iglesia, no podía sumarse a esas celebraciones de las que solo podía cosecharse el pecado; que bien él sabía que los mozos se ponían muy cerca de las mozas, amparados por la oscuridad y les metían las manos donde hasta el Sacramento del Matrimonio no está permitido; y las mozas, unas desvergonzadas que luego tenían que ir a confesarse, se dejaban meter mano, e incluso alguna salía de aquella noche embarazada, con todo lo que eso significaba.

Paquito acudió como todos los críos a la plaza, porque ese acontecimiento solo se produce una vez al año y no era cuestión de perdérselo. Así es que se dieron prisa, cenaron enseguida y se fueron allá, para que no se les escapara la fiesta desde el principio. Lo cierto es que el cura tenía muchísima razón con decir que aquella fiesta era pagana porque, con la excusa de los trastos, también se hacía la quema del Juan, a la que luego añadieron la quema de la Juana. Eran tantos los trastos que había por todas partes que con ellos se tenía más que suficiente como para vestir tres o cuatro Juanes y tres o cuatro Juanas. Una de aquellas chaquetas que ya guiñaban los ojos por los codos y cuyos bolsillos estaban desgarrados, se la ponían a un muñeco hecho con pajas atadas, al que indefectiblemente le pintaban una cara con bigote. Le ponían la chaqueta, una corbata, un sombrero, unos pantalones y unos zapatos, y no faltaba nunca un gracioso o graciosa, casi siempre una graciosa, que le pusiera una zanahoria bien gorda en determinada región de su pajiza anatomía. Con la Juana pasaba lo mismo. Vestían otro muñeco de pajas atadas pintándole una cara con los labios muy rojos. Si tenían lana negra le hacían una peluca o, si no, le ataban un pañuelo a la cabeza. La solían vestir con algún vestido viejísimo y le ponían unos pechos exuberantes y unas medias y unos zapatos de tacón. Porque siempre había unos zapatos viejos de tacón. Le levantaban las faldas y le hacían parecer, más que obscena, ridícula; porque ya se puede uno imaginar quiénes eran los artífices de semejantes muñecos. Todos se echaban a reír cuando veían los atributos de los muñecos, y siempre había alguno que decía al artista: «No sé para qué lo armas tan bien, total para lo que le queda…».

El ambiente era muy festivo, y todo el mundo intentaba pasarlo lo mejor posible con rituales primitivos, pero que demostraban el sentir de los pueblos. No olvidemos que estaba España en plena dictadura, que quien mandaba eran los curas y que era toda una proeza hacer un muñeco obsceno que mostraba sus atributos sin ningún decoro, tal vez como hubiese sido de desear por muchos de los mozos del pueblo. Y tampoco faltaba alguna beaturrona meapilas que, como esa noche se rezaba el rosario con más devoción que de costumbre por culpa de todos aquellos pecadores, decía al pasar: «¡Qué descaro, no sé para qué sirven la escuela y la asignatura de la moral cristiana!».

Los que la oían se echaban a reír, pero eso no obstaculizaba el que asistiesen a la misa del domingo y esperaran pacientemente, fuera, en el atrio, a que el señor cura hiciese un sermón muy agresivo, en el que se hacía siempre alusión a lo desvergonzado del «espectáculo que dieron algunos feligreses en la noche de San Juan».

Paquito y Juanito asistieron llenos de curiosidad a lo que ocurría, porque allí los críos pequeños no intervenían para nada. Solo los mayores eran los autores de todo aquel montaje y los críos se limitaban a mirar. Paquito miraba cómo hacían el muñeco, cómo le pintaban el bigote y cómo le ponían la zanahoria, y él no podía ser un mero espectador. Así es que se acercó al grupo de los artífices y quiso intervenir. Le dieron un empujón y un par de cocotazos y lo pusieron fuera de juego, con lo que el niño salió malhumorado porque no lo dejaban participar. Dos veces más lo intentó y con igual resultado. Así es que, enfurruñado, se sentó junto a Juanito y vio todo lo de la hoguera con cara de pocos amigos y maquinando su venganza.

Cuando encendieron la hoguera, Paquito y Juanito estaban en primera fila. Estaban los dos sentados en el suelo, en el bordillo de la plaza, y pronto empezaron a ponérseles delante los mozos que iban a ver la hoguera y a algo más. Les fueron quitando visibilidad y ellos se abrieron paso metiéndose por entre las piernas de los mayores. A todo esto, una de las muchachas dio un grito, como que la habían tocado donde ella estaba deseando que la tocaran, pero no por la persona que deseaba; así es que la persona deseada se acercó a Paquito y le soltó un pescozón humillante, tanto más por cuanto que no sabía la causa por la que le daban aquel tortazo. Se puso Paquito a llorar, pero al mismo tiempo no quería perderse el espectáculo, así es que, con la cara más malhumorada que antes, fue viendo cómo se desarrollaba la hoguera de San Juan porque él quería, sobre todo, acordarse de todo para la venganza que iba urdiendo en su mente.

Cuando la brasa se convirtió en rescoldo y más tarde en ceniza, la poca gente que quedaba se fue dispersando. Porque muchas parejas habían desaparecido hacía ya rato con rumbo desconocido, mientras Paco el molinero demostraba que él era el más machote y el más valiente.

La noche cayó del todo. Varios vecinos de la plaza salieron con cubos de agua, la de los gusarapos negros, y apagaron del todo la hoguera. La plaza quedó totalmente vacía, a excepción de Paquito y Juanito, que se propusieron quedarse allí hasta el final, pasara lo que pasase. Por fin se fueron ellos dos también.

Paquito dejó a Juanito en la puerta de su casa y se dijeron «hasta mañana». Juanito se echó en la cama sin desnudarse y Paquito se fue a su casa. Sigiloso, entró en la cocina y cogió la caja de cerillas, subió al camaranchón y se dispuso a hacer su hoguera particular. Cerró bien la ventana y empezó a rebuscar aquí y allí los objetos que podrían ser utilizables para su pira, que sería su propia venganza contra todo y contra todos. Unas tablas, unos trozos de cartón, unos trapos viejos, una vieja cesta de mimbre para huevos a la que faltaba parte de la urdimbre. Se metió con todo ello debajo del catre y, puesto decúbito prono, comenzó a amontonar los chismes reunidos con el propósito de pegarle fuego. Primero estuvo mirando aquel montoncito de cosas y le pareció ridículo comparado con la hoguera de la plaza del pueblo; pero claro, había que tener en cuenta que él era un niño de 8 años, y para lo que él pretendía, pues ya tenía bastante. Se puso, en aquella postura, a contemplar su pira y vio que le faltaba un muñeco encima. Salió de allí debajo. Recordó que, en alguna parte, había una muñeca de porcelana, con pelo natural y todo. Se puso a remover Roma con Santiago y allí, debajo de unas cajas vacías, había un baúl. Comenzó a sacar las cajas, por fin abrió el baúl y, efectivamente, allí estaba la muñeca. La puso encima de la pira, pero entonces chocaba con las tablas del camastro; así que sacó todo de debajo de la cama y lo puso sobre las tablas del piso, en el centro de lo que podría ser su habitación, pero que además era el camaranchón con jamones y chorizos colgando desde las vigas del techo.

A todo eso, eran ya las tres de la mañana, y el problema era que si encendía fuego allí, el humo despertaría a los demás, así es que abrió la ventana para que se saliera el humo y entonces sí, ya era el momento tan deseado. Cogió una cerilla y le prendió fuego. Empezaron a arder primero los cartones y, o bien porque estaban húmedos o bien porque los cartones estaban hechos de alguna materia no excesivamente combustible, el cartón se apagaba. Vuelta a empezar. Otra cerilla, esta vez en la falda de la muñeca, que enseguida se le propagó al cabello, que ardió como una centella, pero inmediatamente se apagó a falta de más combustible. Así quedó de la muñeca solo la porcelana tiznada, con la cabeza vacía y el péndulo de los ojos al aire; que entonces comprendió

Paquito el mecanismo y por qué las muñecas cerraban los ojos cuando se las acostaban y los abrían si se las ponía de pie. En fin, que así, intentando encender la pira, fue gastando cerilla tras cerilla hasta que las acabó todas. Y viendo que no ardía nada de nada, se acostó y se quedó dormido, aburrido de que su hoguera, que iba a ser su venganza de aquella noche, no ardiera ni a tiros.

A la mañana siguiente, cuando la señora Josefa subió al camaranchón para hacer la cama de Paquito, creyendo que este ya se había levantado, se encontró con la hoguera de marras. Inmediatamente comprendió qué había pasado aquella noche, pues la pira estaba levantada y los restos de la muñeca encima, todo lleno de cerillas apagadas, la caja de las cerillas vacía y Paquito tendido en su camastro sin desvestirse siquiera.

Se quitó la señora Josefa un alpargate y empezó a darle al muchacho una manta de palos en el culo, que despertaron al niño que preguntaba qué pasaba, por qué le pegaban y que él no había hecho nada malo. Y a todo eso, la señora Josefa lloraba como una loca, de pensar en el lío en el que podían haberse metido, si no hubiese sido porque algún ángel de la guarda rondaba por allí aquella noche.

Las pinzas de la ropa

Después de la fogata, la madre de Paquito lo castigó a no salir de la casa en una semana: que era un niño malísimo, travieso, inquieto y tan sumamente movido que no había manera de mantenerlo en paz.

Paquito lo que no quería era aburrirse y siempre estaba maquinando la manera de jugar con cualquier cosa. Como estaba de vacaciones y no podía ir a la escuela, tenía que pasarse los días encerrado allí, en el camaranchón, que era donde únicamente no estorbaba; porque su hermana, cuando limpiaba o tenía algo que hacer, siempre estaba de mal humor y lo echaba de todas partes. Así que se fue al camaranchón, a su camastro y a sus juguetes, que eran pocos. Rebuscando cosas con las que inventarse un juego, encontró un cesto con pinzas de la ropa. Eran pinzas viejas, ennegrecidas por el tiempo, las humedades, los fríos y el sol. Enseguida se inventó un juego. Se trataba de hacer una guerra. Todas las pinzas de la ropa eran soldados. Eligió las que estaban menos viejas y se convirtieron, por voluntad del estratega, en los soldados buenos; y las viejas, por necesidad, en los malos.

Con trocitos de cintas viejas de distintos colores, que había en una caja en el baúl, fue nombrando a los capitanes y a los generales. Hizo con dos pajitas dos banderas, los azules y los rojos. Paquito no sabía nada de «los rojos», pero no tenía más cintas que blancas, azules y rojas; así es que a unos los hizo azules y a otros rojos, y los formó en orden de batalla. Juntó cuatro pinzas con un hilo y lo convirtió en tanque. Pero los azules no tenían tanque, así que pronto hizo otro tanque para los azules. Los formó en orden de batalla dispuesto a que la batalla fuera hasta la muerte.

Juanito vino a la casa de Paquito para ver qué le ocurría, porque no se habían visto desde la hoguera de San Juan. Juanito no sabía lo de su fogata particular.

—¿Qué quieres? —le dijo Carmen a Juanito cuando vino a buscar a su amigo.

—Vengo a buscar a Paquito —le dijo el crío.

—Paquito no puede salir porque está castigado —respondió la hermana con gran satisfacción.

—¿Qué ha hecho? —dijo el niño.

—¿Y a ti qué te importa? —contestó la chica.

—Entonces ¿no podemos jugar? —preguntó el crío con más razón que un santo.

—Entra y se lo preguntas a mi madre —contestó la mucha-cha, harta ya de tanta pregunta, sobre todo porque a ella solo le habían dicho que no podía salir a la calle, pero no que no pudiera jugar en casa, aunque fuera con Juanito.

La señora Josefa no vio inconveniente en que el niño entrara y jugara con Paquito, porque el castigo solo era que Paquito no iba a salir en una semana y aquel era el primer día. Así que dejó que Juanito entrara y subiera al camaranchón, donde Paquito había ya instalado su cuartel general, con todos los soldados puestos para una guerra sin cuartel.

Cuando entró, Juanito se incorporó de inmediato a la batalla. Los soldados de Paquito eran, por supuesto, los buenos, los azules, los de las pinzas menos estropeadas. Juanito, en su fuero interno, protestaba porque era él quien siempre tenía que jugar con las fichas negras o con las pinzas más viejas, pero si no hacía aquello se iba a aburrir como una ostra, así es que se plegó al designio del estratega y se puso a luchar con verdadero brío.

Pronto se dieron cuenta de que si hacían tanques no tenían soldados y que para uno era fácil montarlo, pero si eran dos se quedaban en un exiguo ejército para cada uno. Entonces, Juanito dijo que se esperara, que iba a su casa y que se traería unas cuantas de su casa. Se fue y al rato volvió con los bolsillos llenos de pinzas, que estaban aún más viejas que las de Paquito; así es que hicieron un nuevo reparto de pinzas para equilibrar ambos ejércitos. Ni así. Eran pocos soldados. Había que buscar más pinzas.

Paquito oteó el horizonte y descubrió que, por una razón o por otra, no había nadie en casa. Salió al patio y cogió todas las pinzas del cesto de las que estaban en uso. Pero le parecieron pocas y cogió las que sujetaban la ropa a las cuerdas. Cogió todas las que pudo, pero a algunas no alcanzaba. Se encaramó a una silla y fue cogiendo y cogiendo, hasta que ya no quedó ninguna por ninguna parte.

Iba muy contento con todas las pinzas que llevaba. Ahora sí que podrían montar un ejército de verdad, y podrían hacer caballos y ballestas para disparar flechas y él mataría a todos los soldados de Juanito. Cuando subió de nuevo al camaranchón, Juanito había colocado a los soldados de modo distinto, porque había puesto obstáculos y un cofrecito de su hermana lo había puesto como atalaya con vigía y todo. Vuelta a deshacer los ejércitos. Con la caja de colores fueron pintándole a las pinzas colores varios. Todos los azules tenían una raya azul, y todos los rojos una raya roja para distinguirlos entre sí. Y ahora había más buenos que malos porque, con las pinzas que había en uso, el ejército de los buenos se había incrementado, y Juanito protestaba porque él tenía menos pinzas y Paquito tenía más soldados.

Pero Paquito tenía una baza que Juanito no se esperaba. De pronto, cuando ya estaban los dos dispuestos a luchar hasta la muerte, Paquito sacó una pinza y la deshizo. Cogió el muelle y lo puso a modo de gatillo. Afianzó en la ranura una de las patas y la otra, dejándola resbalar, la engatilló a la muesca de agarre. Con aquella pinza se hizo una escopeta que destruyó en Juanito toda posibilidad de ganar, porque con artillería era otra cosa. Pero Juanito no se amilanó y comenzó a tirar soldados a diestro y siniestro. Paquito dijo que aquello no valía, que así no se jugaba a la guerra, porque los que mandaban eran los generales y no los soldados, y sus generales no se movían y los únicos que se movían eran los soldados que no cumplían órdenes de ninguna clase.

Así estaban en la discusión cuando llamaron fuertemente a la puerta. La señora Josefa salió para ver qué pasaba y una vecina le dijo que su ropa estaba diseminada por todo el pueblo porque se la había llevado el viento.

—Pero ¿qué me dices? —contestó la buena mujer, ajena a todo el tejemaneje de su hijo que, para aquella batalla sin cuartel, le había dejado la ropa tendida a merced del viento.

Esta vez Juanito se fue a su casa, y Paquito se quedó en la suya con el culo más caliente de lo habitual.

La vacuna

A la llegada del otoño vino al pueblo una comisión de Sanidad. Traían una orden del Gobierno de vacunar contra «la polio» a todos los niños, desde los tres meses hasta los 15 años, y en el pueblo hubo un revuelo terrible. En principio, todos sabían que era bueno vacunarse. Todos los del pueblo se habían vacunado siempre de la viruela. No se sabe si era porque el que había sido atacado por la viruela estaba condenado a muerte, o a ostentar, para el resto de su vida, unos hoyos horribles en la cara y en el cuello que lo desgraciaban para siempre. Alguno se murió de viruela y alguno había que estaba marcado, para la eternidad, con aquellos agujeros tan feos, y que eran los testigos que advertían de que había que vacunarse. Porque si se moría uno, pues «angelitos al cielo y chocolate a la barriga», pero si no se moría uno, pues qué cosa más fea para de por vida, por lo que la gente ya estaba mentalizada de que, además de los ojos y las piernas, tenían que llevar en el brazo derecho la marca indeleble de la vacuna contra la viruela. Pero de eso de «la polio» no se sabía nada. Tal vez sería cosa de los americanos, que se decía que habían inventado una cosa que llamaban penicilina y que era buena para todo. Así es que por la noche, a eso de las diez, que era cuando estaba convocada la reunión informativa, todos los padres del pueblo se juntaron en la iglesia dispuestos a escuchar la conferencia. Todos menos algunos que decían que eso era cosa de Franco que quería, después de ganar la guerra, controlar y dominar a todo el mundo; que menos vacunas y que más carreteras, porque no se podía andar por los caminos ya que se descoyuntaban las bestias y se desencajaban los carros.

Y es que lo de «la polio» no lo habían oído nunca. Sabían de algún paralítico que desde pequeño había sido atacado por «algo malo», pero no eso de «la polio». Todo lo más era un *paralís* que le había dado al crío de fulano o al de mengano. Así es que hubo primero un pregón con el que se convocaba al pueblo en la iglesia a una charla informativa que daban los de la Falange, para que todo el mundo supiera que aquello se hacía por el bien de todos para acabar con la temida parálisis.

La madre de Paquito asistió, como casi todas las madres, a la conferencia que daban en la iglesia y escuchó con atención qué era lo que le podía pasar a su hijo de su alma si no se vacunaba contra la poliomielitis, que era una enfermedad incurable, pero sí previsible si todo el mundo se vacunaba a tiempo, y que a eso venían ellos, que había vacunas para todos los niños de España, gracias a los americanos, que lo estudian todo y que tienen solución para todo, y que no quieren que haya en el mundo niños enfermos.

Como no había nada especial que hacer, se quedó en que todo el mundo estaría en la escuela a las nueve en punto de la mañana para la vacunación, que allí se les daría una cartilla para ir anotando lo de las vacunas, porque a cierto tiempo había que ponerles otra de recuerdo, y que ya sería suficiente para que a los niños no les atacara uno de esos «cocos» que están por todas partes, y que atacan cuando menos se piensa. Todo el mundo salió convencido de lo necesario de la vacunación.

En casa de Paquito solo lo vacunarían a él. Su hermana tenía 17 años y ya no le hacía falta; pero a Paquito sí, que era todavía pequeño y estaba en la edad del mayor peligro de que le atacara uno de esos «cocos». En todas las casas solo se hablaba de la vacuna, que los críos habían oído al pregonero y sabían que algo se cocía y se cocía contra ellos.

Paquito y Juanito estaban convencidos de que aquello hacía mucho daño; pero Juanito era gordo y, además, como era hijo de viuda, pues no se quejaba nunca; que su madre ya tenía bastante con ser viuda.y no tener encima que aguantar cosas como la madre de Paquito, que no ganaba para sustos de tanto disgusto como le daba el crío de sus entrañas.

Cuando se acostaron, todos los niños del pueblo sabían que a las nueve de la mañana tenían que estar en la escuela, aunque era domingo, para que los de la Falange los vacunaran contra eso que se llamaba «la polio».Y Paquito se decía a sí mismo que él no iba y que, como él no tenía la polio esa, pues que vacunaran al Juanito que era flojo y no podía ni jugar a la pelota porque no podía sudar.

Así es que, a la mañana siguiente, cuando todos se levantaron, empezaron a buscar a Paquito que no aparecía por ninguna parte. A las nueve había que estar en la escuela porque habían dicho los de la Falange que había muchos niños en el pueblo, que fueran puntuales, que tenían más pueblos a los que ir porque tenían que vacunar a todos los niños de España.

Lo buscaron por todas partes. El camaranchón estaba vacío, en las habitaciones no estaba, en la cuadra tampoco; ni en el corral ni en el granero ni en la bodega. Nada. Paquito no aparecía por ninguna parte y ya eran las ocho y media. «Cuando coja a este condenado se va a acordar», decía la señora Josefa con el disgusto pintado en el rostro, mientras daba culazos a los muebles y a los arcones a ver si respondía el mocoso aquel, que se iba a acordar de esto mientras viviera.

Paquito estaba donde menos se imaginaban, en su casa. Estaba en la covacha, detrás de las escobas y del cubo de fregar, precisamente en el único sitio donde él no quería estar, pues allí lo metían cuando se portaba mal, acurrucado y hecho un ovillo, que se confundía con los chismes que allí había. La señora Josefa le dio dos o tres escobazos y, cogiéndolo de las orejas, lo arrastró hasta la escuela, porque el crío no quería moverse y lloraba como un desesperado. Gritaba que él no tenía la polio y que lo dejaran en paz, que no le daba la gana de ir a la escuela, que era domingo y que «hoy no hay escuela» y pataleaba y daba gritos que parecía que lo querían matar.

A todo esto, la humanidad de la señora Josefa podía con aquel energúmeno que daba patadas, manotazos y berreos, y seguía su camino, impertérrita, hacia la escuela. Los niños del pueblo se reían de Paquito, que iba a rastras, pero iba, pelos arriba, para que lo protegieran contra todos «los cocos», aunque a su pesar.

Cuando llegaron a la escuela, todavía no habían venido los de la Falange. En la puerta había ya unas cuantas madres con sus hijos: unos pequeños, otros ya grandes, algunos zagalones; pero como aún no habían cumplido los 15 años, parece ser que estaban expuestos al ataque de «los cocos», aunque solo le faltaran dos días para los quince. Y la señora Josefa, con Paquito cogido como con unas tenazas, se plantó allí, en la fila con las madres. El crío venga a patalear y a berrear. Las madres de los demás niños decían a sus hijos que qué niño tan feo y tan tonto, que si es que ese niño no sabía lo de «los cocos» o qué.

A las nueve y media aparecieron los de la Falange, pero esta vez con batas blancas y unos gorros como el que se ponía el panadero. Una enfermera grandísima, muy fea, con unos brazos de segador y con cara de guardia, pidió que entraran de una en una, que les tomarían la filiación y le harían la cartilla de las vacunas porque, al parecer, había muchas vacunas, y que esta era una de las primeras.

Cuando le llegó el turno a la señora Josefa, Paquito se agarró a la puerta con las dos manos y su madre tuvo que tirar de él y darle dos mojicones porque el crío se hacía bravo como nunca, y decía que él no entraba, y que a él no le ponían aquello porque él no le tenía miedo ni a «los cocos» ni a nadie.

Salió la enfermera con cara de muy pocos amigos, cogió a Paquito por el pescuezo con una fuerza tal que el crío se soltó de golpe, se puso frente a ella, le dio dos tortas de campeonato y el pobre crío se sintió atemorizado y se rindió.

—Francisco García Martínez —dijo la señora Josefa cuando le pidió el nombre.

—¿Nombre de los padres? —preguntó la temible enfermera.

—Francisco y Josefa —respondió la buena mujer.

—¿Fecha de nacimiento? —volvió a preguntar la fortachona.

—9 de mayo de 1940 —respondió la madre.

—¿Enfermedades conocidas? —dijo la giganta.

—Ninguna —respondió la señora Josefa de nuevo.

—¿Antecedentes familiares? —inquirió la *escribienta*.

—¿Cómo? —dijo la madre.

—Que si sabe las enfermedades de todos sus muertos —explicó la mujerona.

—No —respondió de nuevo la interpelada.

—Bueno, pues entre en la clase, que allí está el doctor y le pondrá la vacuna —dijo como remate la enfermera.

Ahí quisieras tú ver a Paquito pataleando de nuevo y diciendo que él no le tenía miedo ni a «los cocos» ni a la giganta.

Se levantó la enfermera de la sillita que había en la entrada
y donde le habían tomado la filiación, cogió a Paquito, apartó a
la madre, le soltó dos cocotazos y, en volandas, introdujo al niño
en la clase donde estaba el doctor con la jeringuilla amenazadora
en una mano y, en la otra, un algodón impregnado en alcohol.
Se tapaba con una mascarilla blanca que le cubría la nariz, la
boca y la barbilla.

Cuando Paquito vio al doctor cesó de patalear, se le vinieron
abajo los ánimos y se dejó subir la manga de la camisa. La enfermera lo mantenía cogido como si fuera un cepo. No hacía falta.
Paquito se había rendido. El pinchazo fue menos que cuando lo
de los cardos. Y sonriendo, como si allí no hubiera pasado nada,
salió Paquito de la mano de su madre. Segura ella de que a su
hijo no había «coco» que pudiera atacarle, y seguro él de haber
dejado bien claro que, a él, le hacían falta muchas enfermeras
para dominarlo y ponerle vacunas.

El monaguillo

Nunca se lo habían pedido, pero fue una ocasión especial y había que estar a la altura de las circunstancias. Paquito iba a misa los domingos, como todo el pueblo, menos unas cuantas beatas, como la Lola, que iba a misa cada mañana a las siete, porque era devota y propagadora de la devoción al Sagrado Corazón de Jesús, que había prometido a santa Margarita María de Alacoque nada menos que la salvación eterna, para aquellos que hicieran lo de los nueve primeros viernes de cada mes.

Paquito únicamente iba los domingos y a la misa mayor, que se anunciaba para las doce en punto. Pero el cura no salía al altar hasta las doce y cuarto o más tarde, porque así la iglesia estaba totalmente llena de mujeres y críos. Y había un murmullo de gente que no paraba de hablar de esto y de aquello, pero nada de rezar ni de recogimiento ni nada. Lo de mujeres y niños no es una casualidad, porque los hombres se esperaban en el atrio, hasta que el señor cura predicaba un sermón, en el que siempre se metía con las mujeres: que si las mangas cortas, que si los escotes pecaminosos. Y allí tenía el cura a la gente, esperando medio desesperada, venga a darse abanicazos y a mirar a las vecinas, a ver si iban con el traje nuevo o no, si exhibían toda la joyería familiar o no. Y todas las mujeres, además del vestido nuevo, se ponían una mantilla de blonda, cual más rica, a la que llamaban el velo. Iban como pavos reales, todas con sus trajes más vistosos. Algunas lo estrenaban ese día y, al domingo siguiente, se ponían otro distinto para que el vecindario viera que tenían muchos vestidos. Así demostraban que les iba bien a pesar de los tiempos de escasez que corrían. La gente venga a hablar, que ni siquiera cuando salía el sacerdote paraba. Y muchas veces tenía el oficiante que volverse y decir muy airado: «¡Guarden silencio! ¡Estamos en la casa de Dios!». Y lo decía con gesto autoritario y malhumorado.

Pero a la gente eso le importaba poco y todos seguían hablando, que ellos, lo de ir a misa, no era porque creyeran en Dios ni en su Santa Madre, sino porque Franco había ganado la guerra y ¡ay, del que no fuera a misa! Porque entonces todos los adictos al régimen, que eran los que mandaban, podían pensar que eras «rojo», y que un hombre o mujer así no podía ser bueno. Todo esto incluso aquellos a quienes «los nacionales» le habían fusilado a un hermano o a su padre. Eso no importaba. Había que ir a misa y pasar calor. Todos los hombres tenían que ir a misa con chaqueta. Las mujeres no podían ir con mangas cortas porque el señor cura decía que eran unas desvergonzadas, y tenían que ponerse unos manguitos, a ser posible de la misma tela del vestido que, en cuanto salían de la iglesia, se quitaban angustiadas por el calor y por el dale que te pego del abanico.

Paquito no había ayudado nunca a misa, ni se había vestido nunca de monaguillo, con aquella sotana roja y la sobrepelliz blanca llena de puntillas, y las mangas tan anchas que no le gustaban nada de nada; aunque Juanito solo se vestía así los domingos y para la misa mayor. El resto de los días ayudaba a misa igual que iba a la escuela; por eso el señor cura se preocupaba de que Juanito no llevara remiendos en el culo de los pantalones, porque, estando como estaba en el altar mayor, y de espaldas a la feligresía, se le verían los remiendos y el señor cura no podía consentirlo.

Pero esta era una ocasión especial y fue que, en el pueblo, se celebraba una boda de bastante postín y, para la ceremonia, Juanito tuvo que buscarse otro monaguillo para tocar las campanas. Porque él podía tocar la campana grande y una pequeña, pero necesitaba otro que tirase de la cuerda de la otra campana. Porque si no, las campanas no hacían «din, dan, DONNN», sino «din, DONNN», y no era igual. Así es que Juanito dijo a Paquito que si quería ayudarle a tocar las campanas cuando los novios salieran de la iglesia, porque durante la ceremonia ya se las apañaba él solo, pero con las campanas no era suficiente con dos manos, y tenían que ser por lo menos tres, y él no tenía más que dos, que no se preocupara, que él le enseñaría en un periquete.

El porqué de que Juanito fuera el monaguillo oficial de la iglesia, y tuviera que ayudar a las tres misas de los domingos y a la misa de cada día y al rosario, por las tardes, estaba claro. La madre de Juanito era viuda y, la buena mujer, para sacar a su familia adelante, hacía lo que fuera por dos perras gordas, que era lo que entonces le daban por limpiar la iglesia y la casa del señor cura, que tenía una hermana muy fina y elegante que se llamaba doña Ana, y que vivía con el señor cura; pero que no se sabía por qué le llamaban doña Ana. Tal vez era porque al señor cura lo llamaban don Pablo y como por la carrera de cura le llamaban don, a ella, que era su hermana, también le tocaba llamarse doña, aunque no tuviera carrera. Eso mismo le pasaba a la mujer del farmacéutico, a quien todo el mundo llamaba doña Enriqueta, aunque no era farmacéutica ni nada; pero como era la mujer del farmacéutico, pues todo el mundo la llamaba así, doña Enriqueta, y ella bien que se pavoneaba por la calle, sin apenas saludar a nadie, porque ella no salía casi nunca a la calle y siempre estaba sentada en la sala de su casa leyendo revistas y pintándose la cara, que todo el mundo decía que parecía una mona, de lo fea que era.

La madre de Juanito también limpiaba la farmacia y la pastelería, y no por eso tenía Juanito que ser mancebo ni vender pasteles; pero aquí sí, que, estando en la iglesia, y como eso de ser monaguillo siempre había sido gratis, pues Juanito no tuvo más remedio que ser el monaguillo oficial. Ayudaba a todas las misas del mundo, aunque a él eso de las misas le traía sin cuidado. La verdad es que don Pablo fue muy bueno cuando Juanito cogió la pleuresía, y le proporcionó a la madre las medicinas gratis por medio de Cáritas; que entonces aún no habían venido los socialistas para generalizar la Seguridad Social. Y pastilla que te tomabas, pastilla que había que pagar religiosamente en la farmacia, porque el boticario era muy religioso, pero no en aquello del dinero de las medicinas, que decía que solo era el depositario; pero menuda casa tenía, con criada y todo. Que su mujer se pasaba el invierno yendo de acá para allá y el verano en la playa con sus cuatro hijos. Y muchos días se quedaba solo el mancebo, que se llamaba Manolo, y que no recetaba ni hacía fórmulas magistrales, sino que solo vendía lo que decían las recetas del médico. Y como la señora Juana estaba tan agradecida al señor cura, pues por eso Juanito era el monaguillo oficial.

Juanito tenía que levantarse todos los días muy temprano para ayudar a misa. Tuvo que aprenderse aquello del *Kirieleisón, Cristeleisón, Kirieleisón*, y el *ecuspiritutúo* y el *quifeciceluneterra* y el *emusadominu* y los amén, dichos en su sitio y en su momento. Porque los amén eran muchos y, cantidad de veces, no sabías qué había que decir y a lo mejor soltabas un amén, y no era amén. Por eso tuvo que aprenderse otras muchas cosas más en latín para contestar al señor cura. Nadie sabía lo que quería decir todo aquello que decía, pero si nadie le contestaba todo aquello al señor cura, pues el cura no podía decir la misa y entonces no valía. Que eso se lo decía el señor cura cuando le hizo repetir de memoria toda aquella retahíla de palabras incomprensibles, que decía el señor cura que eran necesarias para que valiera la misa.

Bueno, la cosa quedó en que Paquito aprendería a tocar la campana grave, mientras que Juanito tocaba la gorda y la chica alternadas. Quedaron en que, cuando Juanito tirase de la cuerda de la chica, Paquito tiraría de la grave y entonces, para terminar, Juanito tiraría de la gorda, que tenía una maroma que no le cabía en la mano de gorda que era.

Paquito estaba nervioso porque él nunca había tocado las campanas. Y más nervioso aún porque tenía que hacer juegos malabares con Juanito, que sí sabía tocar las campanas de verdad. Juanito le enseñó que había cuatro campanas y cuatro clases de toques. La campana pequeña era la alegría, la segunda era la «grave» y la tercera era la gorda. Luego estaba la de voltear, que hacía mucho ruido, pero que solo sabía tocarla el señor cura. Esa campana solo se utilizaba cuando se tocaba a rebato o por un incendio y ni Paquito ni Juanito habían oído nunca ese toque.

El primer toque, y el más frecuente, era el de llamar a misa y que empezaba con la alegría. Se empezaba dando diez toques con la alegría y luego uno con la gorda. Y así salía: ¡Din, din, din, din, din, din, din, din, din, din, DONN! Ese era el primer toque de aviso de que la misa iba a comenzar y que la gente se fuera preparando. Luego venía el segundo toque, que era igual que el primero, pero al terminar los diez toques de la alegría, pues la gorda daba dos: DONN, DONN. Y luego venía el tercer toque

que era igual que el primero, pero que terminaba con tres toques de la gorda, DONN, DONN, DONN. Eso significaba que ya tenía que estar todo el mundo en la iglesia porque la misa era inminente. Pero como la gente sabía que don Pablo no comenzaba cuando hacía aquello de DONN, DONN, DONN, pues la gente iba cuando quería y no le hacían caso a las campanas, que era como si se dijeran tonterías que nadie escucha.

Luego estaba el toque de muerto, que se llama doblar y que era aquel de la grave y la gorda. Es decir, que empezaba con uno de la grave y seguía uno de la gorda. Luego otra vez la grave y otra vez la gorda, y así todo el rato. Pero en los toques de muerto el sonido de la gorda era largo, así: Dan, DONNNNN; dan, DONNNNN; dan, DONNNNN. Y resultaba que, cuando se oía aquella manera de tocar, pues todos sabían que alguien acababa de irse al otro barrio, ya fuera chico o viejo. Entonces salían las vecinas a la calle para preguntar que quién se había muerto.

Luego estaba la tercera forma, que era la de bodas, que era la que tenía Paquito que aprender a tocar a una señal de Juanito, y consistía en din, dan, DONN; din, dan, DONN, que era cuando los novios salían a la puerta de la iglesia, y los amigos, parientes y curiosos, les echaban arroz y pétalos de flores, y decían que qué guapa iba la novia, aunque la novia fuera fea como un rayo.

Claro que todo esto no le importaba nada a Paquito porque solo tenía que tocar la grave cuando Juanito se lo dijera. Toda aquella explicación se la dio Juanito, porque ya tenía ganas de saber algo más que su amigo, ya que Juanito sabía menos y siempre perdía.

Llegó el momento de la boda. Estaba la iglesia a rebosar. Todas las señoras y mujeres del pueblo, invitadas o curiosas, acudieron a la iglesia vestidas con trajes nuevos y los labios muy pintarrajeados. Todas llevaban pulseras, anillos, pendientes y collares. Y todas llevaban también un abanico porque hacía un calor insoportable. La novia se decoraba con un vestido todo de encaje blanco, una mantilla de encaje blanco, un ramo blanco y zapatos blancos; y todo lo que llevaba era blanco menos los labios, que los llevaba pintados de rojo como un tomate; y se cubría la cara con una parte de la mantilla de encaje blanco, que llevaba recogida encima de la cabeza también con flores blancas muy pequeñitas, que decían que eran de azahar; pero no de azahar natural, sino de cera, artificial, y con olor a azahar, pero no de azahar.

El novio era un *churubito silbacalles,* pero hijo de uno de los mayores hacendados del pueblo, a quien no se le conocía oficio ni beneficio; pero como era hijo de uno de los pudientes del pueblo, pues eso, que había que tocar las campanas con aquello del «din, dan, DONN». El novio también iba muy elegante, pues llevaba un traje azul marino con la corbata de plata y un clavel en el ojal. Iba muy afeitado y con mucha brillantina en el pelo y, a lo que se veía, tenían que hacerle daño los zapatos porque cojeaba un poco.

A los acordes del armonio, salió el señor cura con Juanito y Paquito, ambos revestidos de colorado con las sobrepellices blancas de las mangas tan grandes. Los dos se pusieron uno a cada lado del señor cura, que llevaba una capa blanca y un gorro negro con muchas puntas. Y comenzó la ceremonia diciendo:

—*In nomine Patris, et Filii et Spiritus Sancti.*

A lo que Juanito contestó:

—Amén.

«Ya empezamos con los amén», se decía Paquito, que no sabía cuándo había que decirlo ni nada.

Y el señor cura empezó a hacerles preguntas y los novios a contestar que sí, que sí, que sí. Pero la novia, que estaba algo gordita, llevaba puesta seguramente una faja bien fuerte. El caso es que cuando ya habían dicho varias veces que sí, *la* Casilda, que así se llamaba la novia y que era una de las hijas del carnicero, se desmayó. Vino su madre a hacerle aire con el abanico y dijo a dos o tres mujeres que le desabotonaran un poco el vestido, que era de tanto calor como hacía en la iglesia. Sin embargo, Paquito oyó a la Alfonsa, que decía:

—Esa está *embarasá*.

Y Paquito se quedó boquiabierto porque, por supuesto, él sabía lo que era estar *embarasá*.

Por fin se recuperó la novia, pero se quedó blanca como la cera y con los ojos traspuestos. Continuó la ceremonia y Juanito, como era el monaguillo oficial, venga a tocar las campanillas, que el señor cura le dijo que parara ya, que ya estaba bien de campanillas.

Se fueron los novios a la sacristía a firmar, y entonces Paquito siguió a Juanito al campanario para, en cuanto salieran los novios, ponerse a tocar como locos, la alegría, la grave y la gorda, y siempre en ese orden.

A una señal de doña Ana, Juanito empezó a tocar la alegría y le hizo una seña a Paquito para que tocara la grave. Paquito tiró de la cuerda, pero la grave no sonó. Así es que Juanito se vino derecho a la cuerda de Paquito y tiró sabiamente de la cuerda de la grave, que sí sonó. Se fue corriendo a la gorda y tiró con una mano de la gorda para enseguida tirar con la otra de la alegría, e hizo una seña a Paquito para que tirara de la grave de nuevo. La grave tampoco sonó y vuelta a empezar Juanito, que no sabía ya qué cuerda era de cuál campana. Por fin, Paquito empezó a tirar con mucha más fuerza de la grave y sí sonó, y ya no paraba; y vuelta a tocar la grave y otra vez y otra vez; y Juanito, descompasado, tiraba a destiempo de la alegría y de la gorda; y se armó un guirigay de padre y muy señor mío.

Apareció el señor cura ante aquel desastre, porque los padres del novio habían pagado una boda con campanas, pero con campanas como Dios manda, no de aquella manera, y se temía que tendría que devolver el dinero. Apartó a Paquito a un lado, se puso él a tocar la grave y Juanito las dos que le correspondían y, por fin, cuando los novios se fueron en el coche de caballos, que a la novia le volvió el color con el aire fresco de la calle, pues pararon de tocar.

Don Pablo dio a Paquito un tirón de orejas que aún le duelen. Paquito dijo que él no quería ser ya nunca más monaguillo, que no le gustaba tocar las campanas ni quería volver a ponerse ese vestido colorado nunca más.

Lo bueno fue que, al cabo de un rato, apareció el padrino de la boda y preguntó por los monaguillos que habían tocado las campanas. Cuando se enteró de quiénes eran, le dio a cada uno dos pesetas. Paquito no dijo nada y se guardó las dos pesetas, pero se dijo que ni por dos pesetas se ponía de nuevo el traje rojo aquel, y que no tocaría nunca más las campanas.

La feria

Enfrente de la iglesia, centrado en la plaza, estaba el Monumento a los Caídos por Dios y por España, y un escudo enorme con el Yugo y Flechas de los vencedores de la guerra. Todo era de piedra artificial, sobre una plataforma de piedra artificial de color gris oscuro. A todo el derredor de la plaza había unas aceras anchas para el paso de peatones, con unos parterres en los que siempre se plantaban unos arbolitos que se protegían con unas telas metálicas y que no crecían ni se desarrollaban porque, apenas asomaban los nuevos brotes, las cabras que pasaban por allí, y pasaban todas, se los iban comiendo. A veces el cabrero llevaba veinte cabras y podía controlarlas. Pero si el cabrero llevaba ciento cincuenta, pues se le escapaba la primera o se le escapaba la última, de tal manera que no había día en que aquellos arbolitos no sufriesen el acoso de las cabras, que a cientos pasaban cada día por allí.

Se terminó por poner un banco de piedra artificial donde se subían los chiquillos para tirarse desde esa altura, y estaba siempre lleno de tierra y nadie se sentaba en los bancos. O sea, que la plaza era una plaza de paso, pero nadie paraba en la plaza, ni siquiera en los días de fiesta que, en cuanto se acababa la misa, la gente se iba a su casa o al bar de la Benita, pero no se quedaban paseando ni nada por el estilo.

La plaza solo era tal cuando llegaba la feria. Piénsese en una feria de los años cuarenta, en un pueblo que no llegaba a mil habitantes y con poquísimo dinero que nadie se quería gastar. Pues bien, a mediados de julio llegaban los feriantes, se instalaban en la plaza y se quedaban allí hasta después de Santiago. Entonces se marchaban todos menos la caseta de tiro al blanco que se quedaba hasta después de la Virgen de agosto. La feria solo consistía en la caseta de tiro al blanco, que se le decía antes, donde por cada disparo que acertaba el tirador le daban una bola de anís gorda que apenas te cabía en la boca, y cada cuatro perdigones costaba un real. Si querías tirar a las figuras en movimiento, que pasaban muy deprisa y había que ser un experto para acertar, pues costaba un real cada perdigón. Pero claro, si acertabas con las figuritas en movimiento, que siempre eran conejos o patos o algún zorro, pues entonces te daban una botella de vino o un osito de trapo. Pero casi nadie tiraba a las figuras en movimiento porque eran muy caras, y todos tiraban a las bolitas de anís o a los palillos; aunque los palillos también eran muy difíciles, porque el feriante los ponía casi de canto y apenas si se les podía dar. Además, no dejaban apoyarse en el mostrador para tener más puntería, sino que tenías que hacerlo a pulso, según decían los de la caseta de tiro, porque era entonces cuando se sabía si eras o no buen tirador.

Luego estaba la tómbola y, mediante unos altavoces, los de la rifa iban vendiendo las papeletas de colores que correspondían a esa rifa concreta, y que repartía siempre un regalo. Luego, el agraciado se iba a su casa con el regalo que le había tocado en la tómbola, pero no sabía qué hacer con el osito o con la muñeca, porque nunca rifaban un jamón o un chorizo. Casi siempre le tocaba a algún novio que, por supuesto, ponía en manos de su amada el regalito aquel que, además de ser feísimo, no servía para nada más que para que el muchacho presumiera de que le había caído en la rifa. Y bien orgulloso que iba el mozo al lado de su novia con el osito abrazado por la muchacha, como si hubiese sido su novio el que hubiese ganado la guerra, o así.

Después estaban los columpios, que se llamaban Las barcas y que se ponían casi en la puerta de la iglesia porque ellos no hacían ruido y solo se oía el chasss, chasss del freno, cuando el barquero veía que había pasado ya el tiempo del real; porque no podía estar más tiempo del que su real le permitía y había que dejar que llegara otro y que pagara otro real; que no estaba él allí con sus barcas por un real solo, sino por muchos reales. Alguno, como el Lorenzo, era muy fuerte y subía la barca hasta lo más alto. Entonces el barquero lo iba frenando poco a poco hasta que lo paraba del todo. Los críos querían hacer lo que el Lorenzo, pero no llegaban, pues el barquero siempre utilizaba el chasss, chasss, y se acababa el real y el pasarlo bien, porque lo bueno era subir a lo más alto y, si era posible, darle la vuelta al eje que sostenía las barcas, pero el barquero nunca los dejaba.

Luego estaban los voladores, que se ponían en el extremo izquierdo de la plaza, que necesitaban mucho sitio y que costaba dos reales. Claro que aquello era un artilugio muy aparatoso, pues la gente se sentaba en los asientos de hierro que iban suspendidos por unas cadenas y aquello empezaba girando poco a poco, pero llegaba un momento en que volabas de verdad y veías desde arriba que la gente pasaba. A muchos les daba vértigo y, cuando bajaban, vomitaban hasta la primera papilla.

Por fin estaba el tiovivo, aunque todo el mundo le llamaba Los caballitos, que se ponían pegaditos al yugo y las flechas, y eran unos caballos que subían y bajaban. Allí se montaban sobre todo las chicas, con las piernas a un lado, pero casi siempre hacia adentro, para que la gente no les viera las piernas, y a algunas, que se ponían con las piernas hacia fuera, luego las ponían verdes y decían que eran unas guarras y unas marranas sin pudor ni decoro.

Además, había dos o tres carrillos donde vendían golosinas y barquillos, cacahuetes y almendras garrapiñadas, gorros, pitos y espantasuegras. Las almendras garrapiñadas valían una peseta. Así es que se descartaba de inmediato lo de las almendras, y casi nadie compraba almendras. Que muchas veces al vendedor, aunque las tenía metidas en una bolsita de celofán con una cinta roja, se le ponían rancias. Paquito y Juanito, ya lo hemos dicho, tenían en principio dos pesetas. Las dos pesetas de marras del toque de las campanas. Pero Juanito se las había dado a su madre, que él bien sabía que su madre las pasaba canutas y que no daba abasto. O sea, que Paquito tenía sus dos pesetas, pero Juanito no tenía ninguna. Y Paquito y Juanito eran muy amigos. Además, Paquito tenía la conciencia clara de que él no se había ganado las dos pesetas, por lo que decidió renunciar a una peseta en favor de su amigo, y compartir con él dos reales que además le había dado su madre porque, si no, se quedaría sin poder montarse en nada. Pero Paquito no le dio las 1,25 pesetas a Juanito, sino que decidió administrar él solo el capital. Además, había que administrarlo bien. Paquito organizó el plan. Juanito, como no tenía un real, tenía que seguir los dictados del capitalista que manejaba el dinero. Lo primero fue lo del tiro al blanco. Compraron cuatro perdigones y Juanito pegó dos tiros y Paquito pegó otros dos. Paquito ganó dos bolas de anís, pero Juanito no sacó nada y, por esta vez, Paquito dio a Juanito una bola de anís, con lo que Juanito creyó que ya en todo iban a medias.

Luego fue lo de las barcas. Paquito habló con el barquero y le dijo que cuánto le costaba una barca.

—Un real —dijo el barquero.

—¿Y si nos montamos dos? —preguntó Paquito.

—Dos reales —contestó el barquero.

—Pero si es la misma barca —dijo Paquito, esperando convencer al barquero de que por el mismo real se pudiesen montar en la barca los dos.

—Bueno, por cuarenta céntimos os montáis los dos —dijo el barquero al ver la cara de pena de Juanito, que estaba callado ante la negociación de su amigo y que era el que pagaba.

Ambos se montaron en la barca y empezaron a empujar, y la barca venga a subir con el impulso de Juanito que, aunque era flojo, pesaba mucho. La barca subía que daba miedo y el barquero tuvo que hacer varias veces chasss, chasss y frenarlos, porque Juanito iba lanzado y toda su humanidad se proyectaba como impulso incontrolable. Por fin el barquero hizo un último chasss, y quedó frenado del todo.

Se bajaron de la barca emocionados, ambos conscientes de que habían experimentado algo magnífico, porque era la primera vez que se montaban en una barca, y que habían podido subir tanto gracias a que el impulso de Juanito, que demostraba que era casi tan fuerte como el Lorenzo, o eso suponía, les hacía llegar casi hasta el eje: ideal de cualquier amante del columpio.

De aquí se fueron a los voladores, pero les dio miedo, porque solo se montaban los mayores y las chicas daban muchos gritos, como de risa nerviosa. Así es que dejaron los voladores y se fueron a los caballitos. Pero vieron que en los caballitos solo se montaban los niños pequeños y las chicas, que siempre se sentaban con las piernas hacia adentro. Y entonces había muchos mozos alrededor de los caballitos porque entonces no se les veían las piernas, pero se les señalaba el culo, algunos muy apetitosos, y los chicos se hablaban por lo bajo y sin mirarse, de los culos de las mozas, que estaban tan contentas porque no se les veían las piernas, lo dejaron para volver a las barcas.

Vuelta a negociar con el barquero y vuelta a impulsarse hasta que el hombre les hacía chasss, chasss, y los frenaba un poco. Entonces ellos se iban haciendo los buenecitos hasta que el barquero se confiaba y empezaban a empujar y empujar hasta que el barquero volvía a darles otro chasss, y les bajaba los humos. Terminaron los vaivenes de la barca y quedó finalmente frenada en el suelo.

Paquito hizo balance de su capital y Juanito no abría la boca. Que él tenía claro que si algo se hacía tenía que ser con el capital ajeno y se mantenía al pairo, a ver por dónde decía el capitalista que iban a dirigirse los pasos.

Paquito vio que solo le quedaba 1,45 pesetas y se fueron otra vez a la caseta de tiro. Pero esta vez no dejó que Juanito tirara dos tiros. Solo le dejó uno. Paquito tiró sus tres perdigones y no cayó ninguna bola de anís. Le tocó a Juanito y le dio a la bola de anís que sí cayó. ¿De quién era la bola de anís? Porque estaba claro que la había pagado Paquito, pero la había ganado Juanito, y Paquito había desperdiciado sus tres tiros. Juanito, consciente de quién mandaba allí, y acostumbrado como estaba a que su madre dijera que sí a cualquiera de las proposiciones de los señoritingos, que le hacían limpiar los últimos rincones de sus casas, incluyendo doña Ana, y ella sin quejarse, humildemente, reconociendo que el capital es el capital, entregó, aunque con dolor, la bola de anís a Paquito que, como si tal cosa, se la guardó en el bolsillo, no queriendo tentar la suerte otra vez con los tiros, que total, solo hacía pam cuatro veces. Y se acabó el real.

Como vieron que lo único productivo eran las barcas, volvieron al barquero que, por el mismo precio, les dejó montarse en la barca. Y ahí verías tú a Juanito dando impulso a la barca que subía más alto que ninguno. A todo esto, Paquito, que veía que lo que él podía impulsar era bien poco, pues se sentó en su asiento y dejó que Juanito hiciera todo el trabajo. Juanito, que lo vio, dijo que eso no valía, que si Paquito no empujaba, pues que él tampoco, así es que Paquito se levantó y se puso a hacer como que empujaba, pero ¡ca! Paquito no empujaba; y Juanito se entregaba con denuedo a levantar la barca hasta donde era posible. Así era. Juanito demostraba que sus gorduras le servían para algo más que el que le llamaran gordo o para tocar las campanas. Y le daba el tío unos envites a la barca que ya quisiera el Lorenzo. Pero pronto hizo el barquero chasss, chasss, y la barca se paró. Se dieron una vuelta por la feria. Paquito estuvo tentado de comprar una tira de papeletas que le vendían por un real y que tenían diez números, que en ese momento eran verdes. Estuvo mirando sus 80 céntimos con aire calculador. Si se gastaba un real en diez números de la rifa, solo le quedarían 55 céntimos, y podrían montarse otra vez en las barcas y aún le sobrarían 15 céntimos para pipas. Eso hizo. Compró una para la rifa y entonces se dio cuenta de que lo que rifaban era un botijo.

«¿Para qué quiero yo un botijo?», se preguntó Paquito con más razón que nadie, porque en su casa había botijos en todas partes.

Entonces dijo al de la tómbola que él no quería participar en la rifa del botijo, que lo que él quería era una guitarra que tenían allí de muestra y que no la rifaban nunca. El tombolero le dijo que ya estaba vendido y que él no devolvía el dinero.

—Pues yo no quiero jugar al botijo —respondió Paquito con lágrimas en los ojos.

Y el tombolero, que estaba subido en una tarima al lado de la tómbola, no le contestó y siguió con el altavoz pegando gritos de que se rifaba ya, que se dieran prisa porque, si no, no entrarían en esa rifa.

—Ya ves tú, para un botijo.

Paquito, muy airado, dijo que o le devolvía el dinero o se iba a acordar. Y el tío aquel, sin hacerle caso, venga a pegar gritos por el altavoz.

Viendo Paquito que el tombolero no le hacía caso, se agarró a la tarima, que era de barras de hierro, y empezó a traquetearla, con el ánimo de defender su real. Juanito, cuando le vio, comprendió que su amigo, que estaba a punto de llorar por los pucheros que hacía, quería cargarse al del altavoz y se afianzó al otro lado de la tarima. Empezó con su amigo a traquetear la tarima y el tío se cayó al suelo con altavoz y todo. Salió de la caseta una señora que iba muy pintada e intentó darle a Paquito un tortazo. Menos mal que había allí varios hombres que esperaban con entusiasmo que rifaran el botijo, e impidieron que al crío le dieran un par de tortas. La señora de la tómbola, viendo lo que se le podía formar, dio a Paquito el real y le dijo que no volviera a acercarse por allí. Se subió la mujer a la tarima y siguió voceando que el botijo se rifaba ya, que quedaban pocas papeletas.

Paquito miró a Juanito y le dijo:

—Gracias, eres un verdadero amigo. —Con lo que una vez más se sellaba aquella amistad ahora afianzada por el éxito de la guerra.

Quedaban dos posibilidades: o se montaban dos veces en la barca o se montaban una y el resto se lo gastaban en pipas, porque para cacahuetes o caramelos no tenían, y así tendrían pipas para toda la noche. En eso se quedó, aunque Juanito solo asentía mudo a las decisiones de su socio capitalista. Se volvieron a montar en la barca. Ahora, como sabían que era el último viaje en la barca, se lo tomaron con calma. Ir, volver; impulsar, volver; impulsar, volver; y la barca iba tomando velocidad y altura, y Juanito dándole a las barras y venga a subir, y el barquero, que en esos momentos estaba platicando con una muchacha que era muy bonita, no se daba cuenta de que Juanito y Paquito subían más de lo que debían. Así es que, con el último impulso que dieron, la barca dio una vuelta completa, porque el eje era giratorio, aunque nunca nadie había conseguido eso de darle la vuelta a la barca, con lo que Juanito demostró que era fuerte como nadie. Cuando el barquero vino a darse cuenta, la barca ya había dado una vuelta completa e iniciaba la segunda. Chasss, chasss, chasss, chasss, pom. La barca quedó parada en el punto de arranque y ya no había manera de moverla, porque el barquero fijó el freno y que si quieres. La verdad es que aquella vuelta había asustado a los niños y cuando se vieron parados no sabían cómo reaccionar. El barquero se les acercó y les dijo que no volverían a montarse en aquella barca nunca más, que no sabían que aquello no era para jugar y que habían estado en peligro, porque si la barca pierde inercia y se quedan arriba, pues se habrían caído, porque entonces la fuerza centrífuga hubiese sido anulada por la fuerza de la gravedad. Y aquel muchacho echó por su boca lo que no es para dicho y ambos niños salieron huyendo como alma que se lleva el diablo.

Se fueron al carrillo de las pipas y se compraron un cartucho de diez céntimos de pipas cada uno. Cuando vieron el exiguo cartucho con tan pocas pipas, dijeron que no y pidieron dos de veinte céntimos. Aquello estaba algo mejor, así es que ambos se fueron dando vueltas alrededor de las cuatro atracciones, venga a dar vueltas y más vueltas. Una de las veces se pararon delante de la tómbola y el tío del micrófono, que estaba subido de nuevo en la tarima de hierro, cuando vio a Paquito y a Juanito, les dijo que como se acercaran por allí, que les iba a arrancar las orejas. Se comieron las pipas sentados en la Cruz de los Caídos, justo encima del Yugo y bajo las Flechas, hasta que se acabaron las pipas y, como ya era muy tarde, se fueron cada uno a su casa. Paquito sin una perra gorda y Juanito con la satisfacción de ser un hombre muy fuerte que había conseguido lo que no había conseguido ni el Lorenzo, que decían que era muy fuerte.

Paquito llegó a su casa y se acostó. Estaba totalmente cansado de tantas emociones y de tanto trabajo con lo de las barcas. Se durmió y, a la mañana siguiente, cuando se levantó de la cama, se puso a maquinar dónde podría hacerse un columpio. Lo primero era tener una cuerda. La buscó y la rebuscó por todas partes. Como no encontró ninguna a mano, se fue al tendedero y cortó una bien larga, que estaba nueva. Se fue a su camaranchón y empezó a pensar dónde sujetarla. Ya está. En la bisagra de la puerta y en el copete del armario. Así lo hizo. Los sujetó con dos nudos a cada lado. Tiró con fuerza y vio que estaban bien firmes. Luego se sentó en el centro, pero la cuerda se le clavaba en el culo. Entonces le puso su almohada y se sentó. Se estaba bien allí, en aquel columpio. No podría dar la vuelta al eje, pero podría pasearse sin tener que pagar los veinticinco céntimos. Empezó suavemente. Ir, volver; ir, volver; impulsarse con los pies, volver; y en esos momentos el armario se le vino encima y le pilló una pierna debajo del canto. Los ayes fueron espantosos. La señora Josefa acudió y, cuando vio el panorama, tuvo que llamar a Carmen, su hija, para que la ayudara a levantar el armario y liberar al niño. Así lo hicieron. Al médico. Tenía Paquito roto el peroné y tuvo que estar enyesado cuarenta largos días, con la pierna tiesa. Por esta vez no hubo palos en el culo porque bastante castigo iba a tener la pobre criatura con cuarenta días de quietud. Al menos, eso pensaba su madre y su hermana, pero no fue así, porque el crío se convirtió en un tirano exigente como el que más y hubiera sido preferible, según su hermana Carmen, que se hubiera roto la cabeza.

El secreto

Paquito nunca las tenía todas consigo. Por lo menos una vez a la semana le daban una zurra. Y el caso era que su voluntad no era la de molestar ni de hacer daño a nadie. Lo único que quería, ya lo hemos dicho, era no aburrirse. Y para una mente inquieta a quien obligaban de un modo constante a estarse quieto, no molestar, sobre todo a la sargenta de su hermana, era un suplicio para el pobre crío a quien las manos se le iban, lo mismo que la imaginación.

Cierta noche, Paquito tuvo que ir al retrete a eso de las dos de la mañana, porque al parecer no le habían sentado bien las patatas con pimientos y el huevo frito, porque en su casa todo se comía frito. Bajó con mucho sigilo del camaranchón al retrete para no despertar a su padre. Él ya sabía cómo se las gastaba si lo despertaban tanto en la siesta como durante la noche. Así es que bajó descalzo, con mucho cuidado para no hacer ruido, y se dirigió al retrete que estaba justo al lado de la cuadra, donde no había burro ni mulo, pero que había sido cuadra en tiempos de su abuelo y se le seguía llamando la cuadra.

Paquito iba en calzoncillos, descalzo y de puntillas. Al pasar por delante de la habitación de sus padres, extremó el cuidado y, sigilosamente, se acercó a la puerta para sobrepasarla y llegar al comedor, más tarde a la cocina, pasar luego por la cuadra y llegar al retrete, todo esto a oscuras.

De pronto, oyó unos ruidos extraños en la habitación de sus padres. Oía que la cama de sus padres hacía un ruido continuado de crac crac, a su padre resoplar y a su madre que decía: «¡Ay! ¡Ay! ¡Ay!». Pero no decía ¡ay! como si le doliera algo, sino que era como muy agradable. Y oía la cama de sus padres que hacía cri-cri y crac crac y los ¡ay, ay! de su madre. Y su padre de pronto dio un grito sofocado, su madre muchos ¡ay!, y luego silencio, y luego algo ininteligible que se decían sus padres y que él no pudo oír.

Como todo aquello le escamaba y mucho, se olvidó de que tenía que ir al retrete y allí se quedó a ver qué ocurría. Notaba que su padre no roncaba, y que debía estar despierto porque cuando dormía era un camión sin tubo de escape. Advirtió que su madre se levantaba y encendió la luz, sacó una palangana de debajo de la cama y Paquito oyó como que se lavaba. Porque él no veía nada desde donde estaba ni se asomaba ni hacía ruido para no ser visto ni oído, pero él oyó como se lavaba. No sabía qué se lavaba, pero que se lavaba era verdad. Paquito estaba detrás del quicio de la puerta, y no podía hacer ruido porque había descubierto cosas que un niño de 8 años intuía, pero que no había presenciado nunca; y si le llegan a descubrir allí, pues le hubieran dado una zurra, que él bien lo sabía, que le daban zurras por casi todo lo que hacía, aunque él no hacía nada malo. Casi siempre la de las zurras era su madre, pero ahora estaba su padre allí, y entonces menuda le esperaba si le cogía allí en plan de espía.

Su madre terminó de lavarse y volvió a poner la palangana debajo de la cama. Apagó la luz y se echó a la cama con un suspiro de alivio. Porque volvió a decir «¡ay!», pero esta vez era otro tipo de ¡ay!. No como los primeros. Vuelta a hablarse por lo bajo y vuelta a oír cómo la cama hacía crac crac», pero no era el mismo crac crac de los de antes. Porque los de antes eran muy seguidos y estos eran solo de vez en cuando. Como cuando das vueltas en la cama porque no tienes sueño o hay zumbando un mosquito trompetero.

Poco a poco, comenzó el estruendo de los ronquidos de su padre. Era el momento de salir para el retrete, porque él había bajado para ir al retrete y no para escuchar crac crac y ¡ay, ay!, sino para aliviarse el cuerpo que le estaba pidiendo un desahogo, y grande.

Así que comenzó a caminar despacito hacia el retrete, siguiendo el itinerario consabido, pero a oscuras. De pronto, se encontró desorientado. No sabía si el armario estaba antes de la puerta o si estaba la puerta detrás del armario. En la oscuridad empezó a palpar lo que encontraba para no tropezar y no despertar a su padre, que en ese momento era un Leyland cuesta arriba. Tocó el macetero y las hojas de la planta le rozaron la cabeza con el consiguiente susto.

«Si estoy tocando el macetero, es que ya estoy en el comedor», se dijo el muchacho, convencido de que llevaba buen camino.

Pero no llevaba buen camino, porque el macetero que había tocado no era el del comedor, sino el de la entrada. Así es que siguió convencido de que iba a donde debía y siguió caminando a pasitos muy cortos, con los ojos muy abiertos y con las manos haciendo de parapeto y de antenas detectoras. Pronto se dio cuenta de que no sabía dónde estaba y que tenía que volver. Volver no era lo más difícil, porque se orientaría por los ronquidos de su padre y los resoplidos de su madre, que a veces también roncaba.

Estaba ahora tocando la puerta de la calle.

«Ya sé dónde estoy», se dijo a sí mismo Paquito, creyendo que ya no tendría problema con su itinerario.

Así que, sabiendo que en la entrada había un macetero en cada esquina, dos mecedoras en los rincones del fondo, el filtro y una mesita en el centro, lo único que tenía que hacer era evitar la mesita de centro. Porque tenía una paloma de porcelana y le habían puesto pena a la vida si la rompía.

Continuó su movimiento de avance hacia el retrete, aunque esta vez ya intuía él que no le daría tiempo porque notaba que en la barriga se le retorcían las tripas, y que iba a pasar lo que no debía pasar, total porque no le habían sentado bien los huevos con patatas y pimientos fritos.

Paquito se apretaba la barriga, como queriendo contener los retortijones, pero pronto vio que la barriga le aguantaba, pero no la salida, así es que, allí mismo donde estaba, se desabotonó los calzoncillos, se los bajó y se puso en cuclillas.

En un momento se quedó a gustísimo. Se abotonó los calzoncillos y comenzó la búsqueda de la puerta para dirigirse ahora ya al camaranchón, a su cama, porque sentía que se iba a marear y no quería que le cogiera allí, que además no sabía ni dónde estaba. Ya vería al día siguiente cómo explicaba aquello.

Vuelta a caminar despacito. Aquí, allá, vuelta atrás, dos pasos más hacia delante, media vuelta, tocar el macetero. ¡Plas! Su pie derecho pisó algo blando y pringoso. Enseguida supo que había pisado el resultado de sus peristaltismos, no solo por lo blandito, sino porque aquello olía fatal. Y no podía llorar ni hacer ruido después de lo que había presenciado. Siguió moviéndose con sigilo. Llegó orientándose por los ronquidos a la puerta de la habitación de sus padres. Desde allí comenzó a caminar, algo mejor orientado, hacia la escalera del camaranchón. ¡Que si quieres! Parecía como si se la hubiera tragado la tierra.

Por fin encontró el primer escalón y comenzó la subida hacia su camastro. En cuanto llegó, se echó de bruces en el catre y se quedó dormido como un bendito, inocente él de que había dejado por toda la casa las huellas de su paseo nocturno.

El problema fue a la mañana siguiente. Cuando su madre fue a abrir los portales de la casa para rociar la calle y se encontró un soberbio pastel en la mismísima puerta de la casa y que toda la entrada, todo el alrededor de la mesita de la paloma de porcelana, todo el comedor, la escalera del camaranchón, el camaranchón y las sábanas del catre de Paquito estaban untados de caca.

—¡Criatura de Dios! —dijo su madre al acercarse al muchacho que dormía a pierna suelta tras su odisea nocturna—. ¿Qué te ha pasado, hijo mío?

Y el niño, soñoliento, no podía explicar nada porque no sabía por dónde empezar: si por los crac crac, los ¡ay, ay! o la de vueltas que tuvo que dar para poder volver a su cama. Así es que hizo lo único que en aquellos momentos podía hacer, que fue echarse a llorar y coger a su madre por el cuello y no decir ni una palabra. ¡Cualquiera le contaba a su madre lo del paseo de aquella noche!

Quien no volvió a mirarlo con buenos ojos fue su hermana, que tuvo que fregar el suelo de media casa, la escalera y las tablas del camaranchón con estropajo y jabón para quitar el pestazo a caca que había por todas partes. Su madre dijo que ella lavaría las sábanas, que no era para tanto. Pero sí hubo que poner un buen rato en el agua de los gusarapos el pie derecho de Paquito, porque la caca le había hecho una costra seca y dura. Que le dijo su hermana que ojalá que se le despellejara. Eso dijo la muy bestia.

FIN

Índice

Sobre el autor

Mayo. 1940. Cartagena. Ciudad de la costa del Mediterráneo, al sudeste de España. Rincón que ha sido sucesivamente invadido por incontables depredadores; que comenzó un declive tantas veces pronosticado y por fin conseguido por las veleidosas administraciones, que no han sabido arañar lo poco que necesitaba para ser un pueblo suficiente. No nací allí porque mis ancestros naciesen allí. Fue una casualidad. Mi padre era de Madrid, mi abuelo de Sevilla, mi bisabuelo de Valladolid. Nací allí como hubiese podido nacer en cualquier otra parte. Pero allí atendió a mi madre, doña Caridad, comadrona a la sazón en la ciudad, y allí eché mis primeros lloros.

Oí llantos a todas horas durante mi primera infancia por las muertes de once de mis parientes, a quienes Franco ajustició tras aquella guerra absurda.

Lloré con mis padres cuando recibían cartas de los familiares que estaban en el exilio porque habían sido rojos.

Sollocé en Murcia cuando, interno en un seminario de curas diocesanos, no conseguí ser todo lo santo que ilusamente había imaginado.

Continué con más lágrimas cuando, maestro, tuve que peregrinar por pueblecitos de pocos habitantes, masticando sus miserias y el dolor de su gente, que tenía que emigrar cada año a Francia, a la vendimia.

Berreé de impotencia hasta sacar las oposiciones al Ministerio de Hacienda.

Pero luego vinieron las risas, y ya no volví a llorar, cuando me eché novia: una hermosura sin par que me regaló con el tiempo dos hijos que son dos farolillos de verbena. Mis hijos tampoco son de Cartagena. Son de Barcelona, la espléndida ciudad más europea que se mira en el mar Mediterráneo y sin cuya proximidad me sería muy difícil vivir.

En Barcelona aproveché muchas oportunidades que ni siquiera antes hubiese podido soñar. Tuve el honor de colaborar muy activamente en la vertiente de literatura práctica con segundo y tercero de BUP, en un magnífico colegio de Montgat.

He escrito miles de poemas, muchas obras de teatro (alguna de ellas iluminada por las candilejas de ciertos teatritos del Maresme) y unas cuantas novelas que no han visto la luz, porque, por un doloroso pudor, me he resistido hasta ahora a que se pueda ver alguna de ellas en un saldo. Y sigo siendo un rapsoda impenitente a la menor señal de: «Venga, di una, dispara ya».

Si esta obra sale a la luz, si alguien llega a leerla, la recomienda y surge alguna polémica sobre este personaje que tanto he perfilado, me daré por más que satisfecho.